UNE MÈRE, ETC.

Du même auteur

Ça ne se fait pas, Éditions des Équateurs, 2004
Pas du tout mon genre, Éditions des Équateurs, 2006
Militants, Éditions Stock, 2011
Une Allure Folle, Éditions des Équateurs, 2016

L'Iconoclaste
27 rue Jacob, 75006 Paris
Tél. : 01 42 17 47 80
iconoclaste@editions-iconoclaste.fr
www.editions-iconoclaste.fr

ISABELLE SPAAK

ET FLORENCE BILLET

UNE MÈRE, ETC.

L'ICONOCLASTE

« J'aime ceux qui paniquent
ceux qui sont pas logiques
enfin pas comme il faut
ceux qui, avec leurs chaînes,
pour pas que ça nous gêne
font un bruit de grelot (…). »

Anne Sylvestre, *Les Gens qui doutent*

« Et quand nos regrets
viendront danser autour de nous,
nous rendre fous,
seras-tu là ? (…)
Pourras-tu suivre
là où je vais ? »

Michel Berger, *Seras-tu là ?*

Devant le miroir de la salle de bains, je mime phonétiquement les six lettres comme l'avait fait maman. Lèvres décollées d'un coup sec j'expulse le P. Le U sort de ma bouche en cul-de-poule. Le T m'oblige à froncer le nez, langue en appui contre l'arrière des incisives. Le A est largement ouvert, le I me fait sourire, le N projette mes dents en avant. D'un mouvement rapide je récapitule, consonnes et voyelles alignées à la suite sans dire le mot à voix haute. P.U.T.A.I.N. Ma mère est une putain ? J'avais sept ou huit ans. Suffisamment âgée pour deviner que « putain » n'est pas à prononcer devant les enfants.

Nous étions à table. Dans la conversation, les amis de mes parents parlaient d'adoption. Ils demandaient à maman si elle avait des informations sur ma mère. Au lieu de répondre, papa a gesticulé pour les faire taire. Maman a fait cette pantomime avec sa bouche.

Dans ma famille, ils sont grands, minces, cheveux blonds, yeux bleus. Je suis brune, petite, teint mat. Que voulez-vous savoir ? Comment j'ai été adoptée ? Si je l'ai toujours su ? Si j'ai envie de retrouver ma mère ? Non, pas la moindre. Fin de l'histoire. Je m'appelle Emmanuelle Véronique Hermeline Laurens, nationalité française. Mes aïeux furent célébrés dans la région sur plusieurs générations. Voussoiement des parents, messe tous les dimanches. Je chante Alléluia, célèbre Noël autour de la crèche sans Père Noël ni sapin. Retraites, prières, les JMJ à Rome, émotion devant le pape. Je m'habille en bleu marine plus chic que le noir, trop femme, décrète maman. J'adore les rallyes, les déguisements de princesse. Bustier, gros nœud, jupe bouffante cousue main, bruit du taffetas quand je marche. Prfuit ! Prfuit !

Maquillage ? Pas de mon âge.

Maman suggère que je cesse de jouer avec les enfants du village. Mieux vaut fréquenter des gens de mon milieu. Hugues, Gontran, Maximilien, Gonzague, mes cousins… Ils me protègent. Maman a confiance. Pas touche à ma cousine.

J'ai dix ans. Bonne-maman nous a laissées seules à la maison pour la première fois, ma sœur et moi, sous la surveillance d'Arthur. Je suis sacrément fière qu'il m'autorise à grimper dans le pigeonnier, territoire des garçons strictement interdit aux filles.

J'escalade l'échelle de meunier, découvre un désordre invraisemblable. Cannettes de bière vides, magazines pornos, photos de femmes nues jambes écartées. Allez vas-y enlève ta culotte, commande Arthur.

Mais Arthur, qu'est-ce que tu fais ? Lâche-moi, enlève tes mains, laisse-moi tranquille. S'il te plaît. Non, non, non, arrête ! Je ne veux pas !

Oh là ! Ça va…, cesse de faire ta mijaurée ! Sois pas ridicule…

Arthur, s'il te plaît, je veux redescendre.

Quelle cruche, celle-là ! Allez ! Fiche le camp. Tu n'as qu'à m'envoyer ta sœur, alors.

NON. NON. NON.

Je ne dis rien, ne dirai rien. Ni à ma petite sœur qui joue tranquillement, ni à bonne-maman quand elle rentre. Encore moins à maman. Un jour, longtemps plus tard, je lui déballe tout. Mais enfin, Emmanuelle, tu divagues. Ton cousin Arthur ? C'est la famille, mon Dieu !

Ça flirte entre soi, ça parle d'argent, des autres. Le reste du monde n'existe pas. On passe notre temps dans les jolies demeures avec piscine de nos parents, les châteaux de nos ancêtres, les vignobles de famille. Quand Gonzague utilise avec dédain le terme « basané » ou « melon » pour évoquer les travailleurs agricoles qui labourent la terre comme des bêtes de somme, je lui réponds « J'en fais partie », il rétorque « Non, toi c'est pas pareil ». Parfois, je me pose des questions. Je m'en suis toujours posé, paraît-il.

Je lis Karl Marx. Mes cousins se fichent de moi, me traitent de communiste, de hippie, de libertaire.

Je ne sais plus qui fredonne un « C'est la lûûûtteuh finaaale... ! » On se moque.

À dix-huit ans, comme tout le monde, je recevrai une chevalière. Je la voudrais avec les armoiries de papa et maman entrelacées. Un chien et une cigogne, la fidélité et l'intrépidité, les deux facettes du couple qu'ils forment. Mes deux parents à mon doigt. Le reste ne m'intéresse pas.

Je n'ai jamais reçu la chevalière, arrêté net les rallyes, ma virginité perdue lors du dernier. Il s'appelait Aurélien, il était doux, on s'est rejoints dans une chambre, il s'est glissé contre moi, la porte s'est ouverte brusquement, « Ah tu es là, Emmanuelle ?! » et vlan ! la porte refermée. J'ai eu tellement honte. Ragots de l'un à l'autre, maman si déçue. Son rayon de soleil, son petit poussin. Se comporter si mal. Excuse-moi Aurélien, mieux vaut ne plus se voir. J'ai fait trop de peine à maman.

Puis, il y a eu Jacques, premier vrai grand amour. Amour fou, amour pour toujours. Trop m'as-tu-vu, trop friqué, trop beau gosse. Pas assez bien pour moi. Maman avertit qu'il ne sera jamais à la maison, qu'il faut rompre.

Je romps.

Pour oublier, je me noie dans le boulot, décroche un job dans le marketing, accepte des déplacements aux quatre coins du monde, loue un pied-à-terre à Londres, passe six mois au Chili. Allers-retours pour New York, existence confortable et vide, petites folies. Je change de style, remise le comme il faut pour m'habiller comme je veux. Cheveux longs et lâchés, talons hauts, matières fluides près du corps, rose poudré, dos-nu, cape noire comme un plumage de pie, doublure de soie ivoire assortie à une encolure en fourrure de Mongolie, fermoir en passementerie. Je programme mes premières vacances en Colombie. Soleil, plage, mer des Caraïbes. Me reposer, changer d'air, ne penser à rien. J'en rêve.

Trois semaines avant de partir je perds mon sac. Plus de carte bleue, de passeport, plus rien.

Pffft ! La Colombie ? Mais qu'est-ce que tu vas foutre là-bas ? s'exclame oncle Bernard.

À la maison, nous passons une soirée tous les trois, papa, maman et moi. J'adore être seule avec eux sur la terrasse. Je régresse, redeviens la petite fille adoptée qui monopolise l'attention des adultes. Je me confie, on devise. Les odeurs du parc m'enivrent. Chaque arbre raconte mon enfance, le marronnier immense, le figuier qui parade, les buis du labyrinthe, le cèdre. J'y passais des heures à l'affût de la vie qui se tramait par-delà les murs. Les plongeons dans la piscine des voisins, leurs rires. Sur la place municipale, le clac des boules de pétanque, les discussions des Madames de retour du marché. Les pleurs d'un nourrisson, rue des Trois-Bras.

Le plus délicatement possible pour ne pas bruquer mes parents, j'aborde la question de mon passeport. J'explique tout. Je l'ai perdu, n'ai plus de papiers. Pour les refaire en urgence, la mairie me demande mon extrait d'acte de naissance. Pour maman, un sujet tabou. Je ne l'ai jamais vu. N'ai jamais demandé à le voir. N'en ai jamais ressenti le besoin. Il est dans mon dossier d'adoption.

Comment ça, « ton » dossier ? Ces documents m'appartiennent, tacle maman quand je lui demande de le consulter.

Oui, oui, bien sûr, maman. Je sais, ces papiers sont à vous. Mais il s'agit de moi tout de même, c'est « notre » adoption.

Je négocie.

Maman hésite, se lève, se dirige vers le secrétaire, déverrouille le battant, ouvre un tiroir, en sort une chemise en carton boursouflée, revient s'asseoir.

Elle cale LE dossier sur ses genoux comme si je risquais de le lui voler et partir en courant.

Hop, hop, hop, à toute vitesse, elle fait défiler le contenu de la chemise. Montrer sans montrer. Pas le droit de toucher. Son index humidifié sur le bout de la langue de façon mécanique pour tourner les pages plus vite, comme je le lui ai toujours vu faire quand elle se plongeait dans un magazine jugé sans intérêt.

Pièces justificatives, courriers du Bienestar (la Ddass en Colombie), protocoles en tout genre, originaux, photocopies, références médicales, tests psychologiques, lettre d'un médecin, d'un psychologue, d'un prêtre, d'une amie de maman, oui mes parents sont « des gens bien, aptes à (me) recevoir ». Malgré ses efforts pour avoir l'air de rien, je sens maman très émue par ce retour dans le passé. Ce sont des années de démarches, d'épreuves. Papa ne dit pas grand-chose, il rajoute quelques détails, oui, oui tu vois, Emmanuelle, le prêtre qui a écrit la lettre, c'était mon parrain.

Mon extrait d'acte de naissance. Enfin.

Des adresses, des dates, des commentaires dans des cases.

Nom du père : X.

Nom de la mère : Blanca Nohora Granados.

Soudain, ma vue se brouille.

Quoi ? Ma mère avait un nom, une identité ?

Je suffoque. Mes jambes commencent à flageoler. Je perds le contrôle, fonds en larmes, de gros bouillons. J'ai toujours cru être née de personne. Surgie comme par miracle au fond d'une poubelle, trouvée dans un caniveau, un dépotoir. Jamais je n'avais imaginé une mère en chair et en os, une vraie maman. Une mère qui m'aurait abandonnée mais laissé son identité, ce beau patronyme de fruits et de lumière.

Blanca Nohora Granados.

Ce nom me plaît terriblement.

Blanca Nohora Granados.

Comme c'est joli.

L'atmosphère se tend.

Je culpabilise.

S'il vous plaît, papa et maman, restons solidaires. Lisons ces documents ensemble. Maman s'agace.

Mais enfin Emmanuelle, calme-toi ! Si tu veux chercher ta mère, vas-y ! Vas-y, je te dis ! Je l'aurais déjà fait à ta place !

Je sanglote. Le monde, mon monde, notre monde vient de s'écrouler, et maman prétend que la situation est normale. Le trésor dissimulé dans le secrétaire sans valeur particulière, comme si elle s'était préparée depuis le premier jour à ce moment.

Elle se force. Ça se sent.

Je l'aime tant, je l'admire, j'aime tout en elle, ses mots toujours justes quand j'ai besoin d'être consolée, son ardeur, l'absolu de son affection, sa manière de s'habiller, pas sexy, pas tata, pas collier de perles, pas chemisier à col montant, ni foulard Hermès, même si elle en a. Petite, sur toutes les photos, je suis collée à elle. Elle sourit, je souris. Elle regarde à droite, je regarde à droite. Elle se tourne, je me tourne. Je suis son rayon de soleil, son poussin. Elle ne m'a pas conçue, pas portée, pas allaitée, réfractaire aux grands discours, aux démonstrations, aux « Ma chérie je t'aime », comme je l'entends dire par les parents de mes copains. Pas de ça chez nous. Ni étreintes, ni embrassades. Mais un amour inconditionnel, insiste maman quand je lui demande grand comment.

Regarde, Emma, il y a même les coordonnées d'une famille d'accueil, chez une certaine doña Elvia Cortez. Tu dois te souvenir de cette dame, non ? Tu pourrais lui rendre visite. Ça lui ferait certainement plaisir. Tiens, note l'adresse. Ne te gêne pas.

Ah et puis regarde cette photo. Ça va t'amuser ! C'est la première qui nous a été envoyée. Tu étais si mignonne.

Oh ce regard ! Mon air perdu. Format identité, le cliché noir et blanc porte encore la trace d'une agrafe rouillée sur le bord supérieur du papier photographique. Mes cheveux sont ébouriffés, l'éclat de ma barboteuse à bretelles tranche sur ma peau bronzée. Il doit y avoir du monde autour de moi, on m'encourage, me force, allez, bébé, souris. Sois gentille. Je n'y parviens pas. Je devais sentir qu'on allait m'abandonner. J'ai dix-huit mois. Je ne me rappelle rien.

Reprendre mon souffle. Parvenir à quitter des yeux cette petite fille égarée que je ne reconnais pas. Prêter attention à papa. Il compulse des ordonnances de jugement, des courriers d'avocat. L'adoption est une affaire sérieuse, un processus long, compliqué. Moult précautions ont été prises avant que je ne devienne Emmanuelle Véronique Hermeline Laurens, fille officielle d'Hélène et André Laurens.

Mes parents ont dû montrer patte blanche, se révéler méritants, s'expliquer devant un juge, obtenir l'agrément. Je me sens précieuse. Ça nous réconcilie.

Trop moche, trop grosse, nez épaté, fesses trop plates comme mes cheveux noirs et, pire que tout, ce grain de beauté protubérant au milieu du front. Une tache sur ma peau. Ma marque sombre. Mon cœur sur la cible. Signe indélébile. D'où me vient-il ? Je passe des heures à l'examiner, à scruter mes traits, jouer de ma fossette, gonfler mes joues, les dégonfler, tirer sur mon cou, le rentrer, une tortue qui se retrancherait dans sa carapace. Je choisis de me laisser pousser ma frange.

Pourquoi tu te caches ? Ouvre ton visage ! Au collège, les profs me bousculent.

Je me sens si décalée. Quinze ans et je joue encore à la poupée. J'aligne les régimes, souffre d'anorexie, d'une timidité maladive. Viens, Emma, on va faire du shopping, propose bonne-maman. Ses conseils sont précieux. Une jeune fille doit se tenir comme ceci, comme cela, s'épiler les jambes, apprendre à se choisir un soutien-gorge, des chaussures à talons. Ma première paire, elle me les offre. Des escarpins en croco, bout carré.

Collège Saint-Pierre. Les filles se maquillent, disent « tu » à leurs parents, parlent des garçons, portent des tops au-dessus du nombril, fument. Moi, fumer me fait mal à la tête, mes jupes sont démodées. Ma copine Ève est très belle, très grande, très sage, un peu raide, très douée. Nous venons du même milieu, éducation et principes identiques, collants bleu foncé assortis. Trop parfaite. Je la laisse tomber pour d'autres amitiés butinées. Un jour parmi les fofolles, l'autre avec les premiers de la classe. Je cherche ma place.

Mes notes oscillent entre 13 et 14, des pointes à 18. Niveau « moyen plus ». Maman m'encourage, me stimule. Si tu veux réussir, il faut travailler, Emmanuelle.

J'ai plutôt envie d'un petit copain comme Marion et Marie-Charlotte. Avant le mariage ce n'est pas bien, dit l'Église. Le corps est un tabernacle, nul ne doit le souiller. Dieu sait-il tout sur tout ? La question me travaille.

Je compte les jours avant le départ en voyage scolaire. Premier séjour hors de ma famille, sans cathos, ni scouts, ni cousins. Canyoning, rafting, course à pied, tir à l'arc et ce torrent dans lequel il faut se jeter du haut d'un rocher pour repousser ses limites. Les miennes sont atteintes, je suis tétanisée. J'entends déjà les sarcasmes, si je ne saute pas. Bouh ! Emmanuelle, la trouillarde.

Arrive mon tour. Je me précipite dans le vide, bras écartés. Le cri est parti tout seul : Waaaaaaaaahhhhhhh !!!!!

J'ai osé. Je suis libre. Libre, enfin. Heureuse, incroyablement, magnifiquement heureuse.

Laisse-la respirer, avait conseillé tante Claire à maman il y a longtemps. Pauvre maman, si craintive pour ses enfants, si maman poule. Attention Emma, c'est dangereux, ne touche pas à ça, regarde bien en traversant, n'approche pas trop près, tu risques de te brûler, recule-toi, recule, recule.

Maman qui a eu toujours peur pour nous, peur de tout.

Le dernier soir au camp, les filles se sont faites belles. T-shirts décolletés et bouteilles de gin sorties de sous les lits. La fête avec les garçons est prévue dans le bungalow d'à côté. Tout le monde est au courant. Je ne me suis rendu compte de rien, n'ai pas été prévenue, ne suis pas invitée. Je reste seule. À quoi sert de pleurer ?

Le lendemain, papa et maman viennent me récupérer à l'arrêt du car. C'était bien ? Oui, c'était bien.

Être aux petits soins, veiller à tout pour ses enfants, politesse, tenues adorables, études, fréquentations, se montrer présents, à l'écoute, discrets, disponibles de temps en temps et paf ! oublier l'essentiel. Se poser. Deviner. Laisser venir.

Maman ne m'a pas portée, ventre creux. Notre apprentissage du corps s'est construit petit à petit. À notre rythme. Des baisers de papillon, ses caresses. Effleurer sans peser.

Maman, papa, pourquoi vous ne dites jamais que vous m'aimez ? C'est tellement évident, Emmanuelle. Oui mais quand même, dites-le.

Une crampe à vif me tient éveillée toute la nuit, m'écrase le bras gauche. Pour éviter de hurler, je mords à pleines dents dans un garrot improvisé avec mon écharpe.

Ça va passer, dit maman, tu as fait trop de sport, trop forcé.

Une semaine plus tard, paralysie totale. Hôpital, urgences, examens. Votre fille a une polyarthrite rhumatoïde. Le médecin n'en revient pas. Il n'a jamais rencontré une pathologie d'une telle violence chez un patient aussi jeune.

Corps d'adolescente mangé par une maladie de vieux. Avec risque sérieux d'aggravation au niveau des poumons.

Épanchements aux coudes, aux genoux, attelles aux bras, aux mains, aux jambes. Morphine, opiacés, hallucinations. J'ai basculé. Mon quotidien se transforme en calvaire. Je vis sous cloche. Mes seuls contacts sont des adultes, un autre monde.

Bonne-maman disait toujours : « Quoi qu'il arrive, il faut rester forte et belle. » Je supplie les infirmières de m'aider à me coiffer, me parfumer, me mettre du rouge à lèvres.

Maman se bat avec moi. Emma, cramponne-toi, il faut prier, on va s'en sortir. Elle me transmet son courage.

Que serais-je devenue sans elle ? Si elle n'avait pas tenu bon ? Jamais pleuré, désespéré. Du moins, jamais devant moi.

Je m'accroche. Un mois, un deuxième. Je parviens à me lever, aligner trois pas à la suite, d'abord du lit au fauteuil, puis du fauteuil à la porte. Quinze jours plus tard, je marche de la porte de ma chambre jusqu'au bout du couloir. Les médecins n'en reviennent pas.

Ils m'autorisent à rentrer à la maison. Maman est d'accord, se charge de tout. Me soulever hors de mon lit tous les matins, me porter jusqu'à la baignoire pour que mon corps se dérouille dans l'eau chaude, me sortir du bain, m'habiller, m'aider à monter en voiture, me conduire au collège, venir me rechercher, me déshabiller, me remettre au lit.

Une bravoure surhumaine des deux côtés. Ses bras sont ma force, je suis sa persévérance. Mon physique de brindille peut casser à tout moment. Au collège, mes copains se détournent. Je fais peur. J'endure, ne lâche rien.

En fin de 4e, le prof de maths m'a écrit un gentil message au dos de la photo de classe. « Bon vent, chère Emmanuelle ! Jamais la volonté d'une élève ne m'aura autant marqué. »

Trois rechutes en trois ans. La troisième me vaut douze mois de fauteuil roulant. Grâce à un nouveau médicament expérimenté aux États-Unis, les poussées de la maladie sont moins brutales. J'ai dix-sept ans. Pourquoi ces crises ? Les douleurs atroces me détruisent, m'enferment dans une cage de fer. Les affections auto-immunes génèrent une littérature abondante. Je dévore tous les traités sur le sujet. Un médecin constate que la réunion de trois facteurs distincts – l'environnement, un traumatisme, être porteur – contribue à la déclaration de la pathologie.

La polyarthrite m'aurait-elle servi d'échappatoire ? Ça n'allait pas fort quand je suis tombée malade. Papa était dépressif depuis la mort de bonne-maman, les problèmes de succession paraissaient insurmontables pour récupérer la maison, les vignes étaient mal gérées, les soucis d'argent s'accumulaient et Dieu ne me permettait pas d'aimer un garçon.

Faire semblant est une habitude. Jusqu'au moment où le silence empêche de respirer. Les non-dits si pesants qu'ils anéantissent toute volonté, brisent l'élan. Je m'initie aux théories de Freud, étudie tous les bouquins de psycho et de philo qui me tombent sous la main. Quelque chose ne tourne pas rond.

Ma tante m'offre le livre d'une psychothérapeute aux prises avec la même infirmité physique que moi. Elle raconte son combat pour s'en sortir, parle des « cuirasses » qui l'ont entravée, du besoin de s'en libérer. Le pouvoir de la guérison, dit-elle, repose sur notre faculté à déverrouiller ces « cuirasses ». Les siennes proviennent du lien entretenu avec sa mère. Son témoignage est une révélation.

J'arrête tout. Médicaments, guérisseurs, prescriptions de plantes. L'hôpital me propose de consulter une psy. J'accepte.

Qui peut me dire s'il connaît un enfant adopté en paix avec lui-même ? En dépit de toute la ferveur du monde, ces laissés-pour-compte des premiers jours fuient de toutes parts, tel un vase percé. Si vous en rencontrez, ne cessez jamais de les aimer. Patience et amour ininterrompu peuvent faire des miracles. Le pot troué métamorphosé, un jour, en fontaine merveilleuse.

Des centaines de Blanca Nohora Granados sont répertoriées en Colombie par Google.

D'après son compte Facebook, une dame paraît correspondre aux informations mentionnées sur mon extrait de naissance. Elle est domiciliée dans le Guaviare, et son âge coïncide avec celui supposé de ma mère biologique. Une photo s'affiche. Trop moche.

Je voudrais ma mère belle comme le jour. Belle comme son nom. Granados, fruit rebondi aux mille pépins écarlates.

Ai-je hérité de son physique ? De son caractère ? Remonter les zigzags d'un ADN s'avère compliqué. Surtout quand une partie des données est inconnue.

Une question m'obsède. Suis-je une marie-couche-toi-là ? Telle mère telle fille, n'est-ce pas ce que l'on dit ?

Tu sais, Emmanuelle, m'a souvent prévenue maman, parfois les hommes profitent des femmes puis s'en vont sans jamais revenir. Longtemps je me suis demandé pourquoi elle me disait ça.

Place H40, vol Delta Airlines, New York-Bogotá. Au lieu de me signer au décollage comme tous les Colombiens, je me cramponne à mon siège. Une dame pleure à côté de moi. J'essaie de la consoler. On fait un brin de causette. Elle est triste d'avoir quitté sa fille et sa petite-fille établies dans le Minnesota. Je lui raconte que j'ai été adoptée en France mais que je suis née dans le Guaviare. Elle pousse un cri, sa main plaquée sur la bouche. Le Guaviare ? Oh malheur ! Mon Dieu ! Pauvre de toi ! La dame fait le signe de croix à plusieurs reprises. Le Guaviare est un territoire Farc ! Une zone très dangereuse classée « rouge » car toujours sous contrôle des forces armées révolutionnaires. Les guérilleros continuent d'y enlever et d'y menacer la population malgré le cessez-le-feu et les négociations de paix avec le gouvernement de Juan Manuel Santos. Si tu y vas, sois très prudente.

À l'immigration, j'emprunte la file bleue réservée aux étrangers, les *extranjeros*. Une étrangère dans son pays. Voilà ce que je suis. Le douanier étudie attentivement mon passeport, me regarde. Peau bronzée, cheveux noirs, physique local.

Nom ? Laurens.

Prénom ? Emmanuelle Véronique Hermeline.

Nationalité ? Française.

Née à ? San José del Guaviare.

Durée du séjour ? Six semaines.

Raison du séjour ? *Vacaciones*.

Clin d'œil dubitatif, coup de tampon. Je suis autorisée à entrer sur le territoire.

Bienvenida a Colombia, señorita Laurens.

Gracias señor.

Bogotá aperçue par les vitres du taxi. Recoins et bars glauques, ruelles sombres, néons criards, circulation dantesque sur des artères traversées n'importe comment par des spectres au regard vide. Fantômes à la peau vérolée, en manque de soins, de nourriture, de repos. Tous les clichés du pays me sautent au visage : pauvreté, narcotrafic, corruption, prostitution, enfants des rues.

En Amérique latine, les quartiers périphériques colonisés par les familles aisées sont moins dangereux que les centres-villes abandonnés aux plus fragiles.

Je m'étais renseignée sur le prix du trajet entre l'aéroport et le centre-ville, le chauffeur m'en demande le double. Trente-sept mille pesos, señorita. Quoi ? *No es que…* Madame, j'applique le tarif de nuit. Trop fatiguée, je cède, paie la somme astronomique qu'il me demande. L'autochtone vient de triompher de la touriste. Mais par quel miracle aurait-il pu en être autrement ? Robe d'été à manches courtes, sandalettes. Ma tenue est totalement inappropriée au froid de canard qui règne. Je fais partie des têtes de linotte qui ne prennent même pas la peine de se renseigner sur la température du pays où elles vont atterrir. J'ai quitté des températures estivales en France. En Colombie, c'est l'hiver austral.

Quinzième étage, appartement 2019. Je retrouve mon amie Ève. La jolie Ève, première de la classe négligée au collège Saint-Pierre au profit d'amitiés – croyais-je – plus excentriques. Ève ne m'en a pas voulu.

Fidèle parmi les fidèles, elle m'a invitée à Bogotá où, dorénavant, elle habite. Sa famille, ses amis d'enfance, le confort du barreau de Nîmes abandonné derrière elle sans hésiter pour épouser un Colombien, démarrer une nouvelle vie professionnelle hasardeuse dans le pays de son mari.

J'avais dit oui sans réfléchir à sa proposition de la rejoindre pour ses vacances aux Caraïbes. C'était sans compter mon passeport volé, la lecture de mon extrait d'acte de naissance, la découverte de l'existence de ma mère biologique, la révélation de son identité.

Ève ouvre grand la porte, me fait visiter les lieux. Ici, le salon, la cuisine, pose ta valise, voici ta chambre, la salle de bains, bienvenue chez toi.

Elle ne croit pas si bien dire. Son calme m'apaise.

Je pose ma valise, relève le store de ma chambre, ouvre en grand le carreau. La ville scintille de tous ses feux comme pour me dire ; *¡Hola!* Emma ! Je t'attendais, tu en as mis du temps.

Salut, Colombie ! Me voilà ! De retour, enfin.

Bogotá n'est qu'une étape. On s'envole dès le lendemain pour Cartagena.

Température de plomb, eau turquoise, sable blanc, crépuscule violet. C'est tout ce que je cherchais. Aux dernières lueurs du jour, nous nous jetons dans les vagues. Notre hôtel est à l'abri des murailles. J'aime les rues pavées du centre-ville surplombées de balconnets de bois accrochés aux façades peinturlurées de couleurs vives, les calèches tirées par de lourds chevaux blancs, le claquement des sabots à l'unisson des roues cerclées de fer qui grincent sous la charge. Dans le quartier Getsemani, les venelles sont si étroites que s'y croiser à deux de front est impossible. Autour de la basilique Santa Catalina, les demeures patrimoniales caparaçonnées sur leurs secrets surgissent d'un roman de Gabriel García Márquez.

Je m'attarde sur la physionomie des filles. Trop grandes. Trop blondes. Trop brunes. Trop de fesses. Pas de fesses. Trop de seins. Pas de seins. Et moi dans tout ça, je ne me reconnais en personne.

Soudain, deux fillettes, assises sous les cocotiers. Un chien jaune leur tourne autour. Armée d'un coupe-coupe, l'aînée débarrasse les noix de coco de leur écorce pour en remplir la besace à bandoulière de la cadette. Ça gazouille, ça rigole, s'en retourne dans la forêt.

Corps, attitude, rigolade, regard en coin. Je viens de me trouver dans les prunelles intenses de ces petites indigènes.

Avant de quitter la France, j'avais contacté Elisabeth Gonzalez, responsable du service des enfants adoptés à l'ICBF (Instituto Colombiano de Bienestar Familiar). Elle a accepté de me recevoir dans son appartement, au quatrième étage d'un bloc de béton sous haute surveillance du quartier des affaires civiles et militaires de Bogotá. Elle m'ouvre sa porte vêtue d'un peignoir.

Ne t'inquiète pas, me glisse Ève. Les gens donnent souvent des rendez-vous professionnels chez eux et vous reçoivent sans façon.

Photocopié par maman, mon extrait d'acte de naissance est l'unique preuve de mes origines en ma possession. Rédigé par la mairie de San José del Guaviare, le document stipule que je suis née le 12 novembre 1984, de Blanca Nohora Granados et de père inconnu. Daté du 5 octobre 1985, il porte le numéro 9319144. L'écart d'un an entre ma naissance et sa déclaration à la mairie m'intrigue. Je remarque aussi l'absence de signature de ma mère biologique.

Ces maigres indications sont-elles un début de piste ? Je croise les doigts. En autorisant la mention de son nom, ma mère aurait-elle laissé un indice me permettant de la retrouver ? Puis-je avoir accès à un dossier plus complet ?

Elisabeth Gonzalez ne promet rien. Si ma « génitrice » a choisi de ne pas divulguer ses coordonnées, le Bienestar respectera sa décision. Le droit civil colombien protège avant tout le droit des femmes. Et il faut parfois plusieurs mois pour accéder à un dossier d'adoption s'il existe. J'attendrai. En vain. Rien n'a été consigné. Je l'apprendrai quelques semaines plus tard. Ni pièce, ni copie, ni quoi que ce soit. Un dossier à mon nom a bien été ouvert mais il est resté vide. Qu'importe.

Si timide d'ordinaire en France, si rongée de culpabilité, si mesurée, à m'excuser sans cesse, pardon de vous demander pardon, pour tout, à toute occasion et pour n'importe quoi. La Colombie m'insuffle une hardiesse inouïe. Je ne me reconnais plus.

Chers vous deux, avais-je écrit à mes parents avant de partir pour justifier mon intention de retrouver la trace de ma mère biologique. Non pour m'éloigner d'eux mais pour mieux les retrouver. Comprenez-moi, je veux savoir d'où je viens, de qui je tiens. Faire la part des choses entre ce que je vous dois, à vous, mes parents adorés, et à elle, cette inconnue. À son sang qui coule dans mes veines.

Posée sur le piano, la lettre cachetée y est restée plusieurs semaines avant de disparaître.

Tiens, au fait, maman, vous avez reçu mon petit mot ? Oui, oui, Emmanuelle, nous l'avons reçu.

Comme d'habitude, je ne m'étais pas risquée à lui en demander plus.

Mais en Colombie, pour la première fois de ma vie, je me sens légitime. Ce pays m'euphorise. J'y suis née, j'y ai bataillé pour y survivre durant les premiers mois de ma vie. Il est temps de renouer avec cette énergie vitale. On ne veut pas m'aider ? Des obstacles se dressent ? Je bousculerai les montagnes.

À Bogotá, je peux m'appuyer sur Ève, notre amitié renouée. Je loge chez elle, elle m'épaule. D'une administration à l'autre, nous passons des heures dans les embouteillages, décidons ensemble des étapes.

Pourquoi avez-vous besoin d'un extrait d'état civil ? demande l'officier de la Registraduría Nacional après des heures d'attente et une envie de déguerpir à plusieurs reprises. Guichet 2. N° 137. Le chiffre qu'on m'a attribué vient de clignoter en rouge sur le panneau lumineux. Et la raison de ma demande est la première question que le fonctionnaire me pose.

Ne réponds pas à ce monsieur, s'énerve Ève en français. Ta requête est personnelle, elle ne le concerne pas.

L'employé semble avoir deviné le rappel à l'ordre de mon amie. Il baisse la tête, retourne à son clavier, vérifie son écran, imprime une feuille à en-tête.

Ève s'en saisit. J'en suis incapable.

Veux-tu que je lise pour toi ? propose Ève.

Je souris à mon amie. *¡Sí, vamos!*

L'extrait d'état civil mentionne que je suis née à la maison à 11 heures du matin. Âge de la mère, vingt-quatre ans. Prénom de l'enfant : Sandra Milena.

À la maison ? Quelle maison ?

Aucune information supplémentaire, excepté la signature de la représentante légale de la protection des mineurs en Colombie, señora Isabel Velazquez de Acosta.

Sa griffe remplace celle de ma mère au bas de l'acte d'abandon.

Abandon. Mot terrible. Sept lettres qui giflent, détruisent, minent, empêchent de grandir, s'épanouir, s'attacher. L'abandon est ma blessure, ma fragilité. Le signe sur mon front. La pire des punitions. Celle qui fracasse mon avenir en me privant de passé.

Pour une maman démunie, autoriser l'adoption de son enfant est parfois le plus beau cadeau qu'elle puisse lui faire.

Mais comment abandonner son nouveau-né, la chair de sa chair, le sang de son sang ? Se séparer du jour au lendemain d'un petit être qui a grandi durant neuf mois dans son ventre ? L'avoir senti bouger, s'être habituée aux premiers frémissements, comme de petites bulles qui éclatent sous la peau, ploc, ploc, bientôt remplacées par une bosselure à droite, à gauche, un pied, un bras qui tambourine. Merveille entre les merveilles, l'instant où il prend les devants poussé à découvrir le monde, notre bassin qui s'écartèle et craque pour le laisser passer, nos déchirures, son premier cri, sa première victoire, la plus belle, son corps recroquevillé, doucement, doucement, tout va bien, je suis là, je suis ta maman, son duvet collant, ses effluves à l'unisson des nôtres, l'épopée à son terme, le futur dans un souffle, léger comme une plume.

Je sens un nœud familier me creuser le ventre. Un trou sans fond. Calme-toi, mon désespoir, s'il te plaît, tiens-toi tranquille. Mais la brûlure poursuit sa route, force son chemin, remonte le long de ma gorge, m'isole, me grignote. J'ai envie de me laisser tomber dans ce couloir bleu électrique, me rouler par terre devant tous ces gens qui attendent sagement leur tour sur leurs chaises inconfortables, hurler ma tristesse. Moi, l'abandonnée, la non-voulue, la non-méritante, fille de personne.

J'essaie de me visualiser à peine née dans les bras d'une jeune femme de vingt-quatre ans. Sa chaleur vitale transmise à la mienne, sa respiration, son flegme, le grain de sa peau, sa sueur qui me pique le nez, mes petits poings serrés sur ses seins tendus, ma bouche qui tâtonne, suçote, la cherche.

Interdiction absolue de me projeter davantage. Restons-en aux faits, répète Ève. Du tangible, du concret.

Nous avançons vers un autre comptoir. Une nouvelle file d'attente. L'agent enregistre le nom de ma mère biologique sur son moteur de recherche. Il soupire, plisse le front, fronce les sourcils, se concentre, pianote encore.

Désolé señorita, aucune Blanca Nohora Granados dans notre système informatique. Normalement quand nous tapons un nom, le numéro d'identité apparaît immédiatement. Mais là, aucune correspondance.

Et si vous consultiez l'annuaire de San José del Guaviare ? suggère Ève.

Ce type de démarche nous est impossible, répond le fonctionnaire. Je peux simplement vous dire qu'il y a sept cents Granados en Colombie. Aucun à San José, aucune prénommée Blanca Nohora.

Monsieur, s'il vous plaît. Regardez encore. Retrouver la trace de cette personne est d'une importance capitale pour moi.

Dans mon mauvais espagnol, je lui explique la situation comme je peux, mon adoption en France, la preuve de l'existence de ma mère apparue sans prévenir quelques semaines auparavant, le besoin impérieux de partir à sa recherche.

Son nom et maintenant la signature d'Isabel Velazquez apposée en bas du document qu'on vient tout juste de me transmettre au guichet précédent sont les seuls indices dont je dispose.

Malgré son incapacité à aller plus loin, le fonctionnaire se montre bienveillant. Il m'écoute, prend conseil auprès d'une collègue installée dans le bureau derrière lui. Je l'aperçois taper le nom d'Isabel Velazquez sur un clavier d'ordinateur.

Chemisier boutonné jusqu'en haut, chignon strict, lunettes de fil de fer, la physionomie du personnage qui apparaît sur l'écran dégage peu d'empathie. J'enregistre mécaniquement ses traits.

D'après l'employée de l'état civil, Isabel Velazquez est avocate. Une demande spéciale par écrit sera nécessaire pour tout renseignement supplémentaire. Je griffonne ma requête sur le premier morceau de papier qui me tombe sous la main.

Le soir même, j'envoie un mail à la mairie de San José del Guaviare pour tenter de faire avancer les choses par moi-même. Les services administratifs ont-ils connaissance d'une de leurs administrées dénommée Blanca Nohora Granados qui aurait accouché d'une petite fille en 1984 ? La réponse ne se fait pas attendre. Les bureaux de l'administration communale ont brûlé en 1986, la totalité des archives est partie en fumée dans l'incendie.

Rien à espérer de ce côté.

Reste l'avocate.

Son site professionnel mentionne sa date de naissance. 1960. D'après l'âge de ma mère mentionné sur mon extrait d'état civil, les deux femmes seraient nées la même année. Se connaissent-elles ? Ont-elles passé un accord pour me faire adopter ?

L'adresse du cabinet juridique est indiquée sur Internet. D'après le plan, il se situe dans un quartier limitrophe de chez Ève.

Allons-y.

Je suis surexcitée.

Mon amie m'arrête illico. Débarquer sans prévenir est particulièrement grossier en Colombie. Mieux vaut envoyer une lettre.

Et surtout, me calmer.

Il ne me reste plus que quelques heures en Colombie. Ève a prévu de me faire rencontrer ses beaux-parents. Ils nous invitent à dîner. Des gens accueillants, lui un médecin à la retraite, elle une musicienne. Ils me prennent aussitôt sous leur aile. Nous passons une soirée à manger, chanter, jouer de la guitare. Je me détends. Demain, la France. Et ce phénomène de bascule que j'expérimenterai dorénavant à chacun de mes retours. Tous les voyages en Colombie sur les traces de Blanca sont suivis d'une période de flottement une fois rentrée chez moi. Comme si l'euphorie se dégonflait au contact de la terre où j'ai grandi. Ma vaillance entamée par les doutes. Mon aplomb mis à mal par la raison.

J'hésite à tenir mes parents au courant, à les sensibiliser à cette « chasse à la mère », les solliciter, les mobiliser. Éviter de les heurter est devenu ma hantise. Plus mon enquête progresse, moins je leur en dirai. Ma pauvre maman mise en concurrence.

Rentrée en France, mon incapacité à formuler ma demande par écrit à Isabel Velasquez dure plusieurs mois.

Je me risque enfin à lui envoyer un mot poli.

« Chère Madame Velazquez,

Je m'appelle Emmanuelle Véronique Hermeline Laurens. J'ai été adoptée en 1986. Votre signature figure sur l'extrait d'état civil autorisant mon abandon. J'habite en France. Mon intention est de revenir l'été prochain en Colombie et renouer avec ma mère, dont j'ai appris le nom très récemment : Blanca Nohora Granados. La connaissez-vous ? Accepteriez-vous de m'aider ?

Signé Emmanuelle Véronique Hermeline Laurens – Sandra Milena Granados. »

La réponse de l'avocate me parvient après plusieurs semaines. Un rapide message audio sur Whatsapp.

« *¡Hola!* Sandra, tu as beaucoup de chance d'avoir été adoptée. Tu es une jolie jeune fille. Ne regarde pas en arrière, ne te retourne pas. Profite de la vie, de ta famille, de l'éducation française que tu as reçue. Dieu l'a voulu ainsi. Ta mère n'est peut-être plus en vie. Si tu veux une maman, tu n'as qu'à te dire que c'est moi. »

Jointe à l'enregistrement, la photo d'une page manuscrite retrace l'épopée de mes premiers jours.

D'après Isabel Velazquez, je suis née en 1984 d'une femme – nul âge mentionné – qui m'a abandonnée quelque part, avant de disparaître.

Des passants ont assisté à la scène – de l'accouchement ? de l'abandon ? Ils baptisent ma mère *Blanca*, contactent la police. Les services sociaux sont mobilisés. Des annonces sont diffusées. Nul ne se manifeste pour me recueillir. Quelqu'un aurait ensuite emprunté un bateau pour remonter le fleuve Guaviare jusqu'à Bogotá pour me confier au Bienestar Social qui charge l'avocate Isabel Velazquez de Acosta d'entreprendre les démarches nécessaires à mon adoption.

Un scénario rocambolesque auquel je ne crois pas un seul instant. Penchée sur les cartes et les photos aériennes du Guaviare, je me focalise sur le tracé du cours d'eau éponyme né dans la cordillère de la réunion du *río* Arriari et du *río* Guayabero, avant de parcourir mille cinq cents kilomètres, traverser la ville de San José, s'y discipliner, devenir presque civil. Puis, furieux, se jeter dans l'Orénoque que « nous remontions sans parler », écrivait Cendrars. Fleuve boueux, fétide, violent, ses plages de limon étaient prisées des combattants Farc au temps où, de ce territoire boisé, ils contrôlaient le moindre centimètre. Le Guaviare, ses affluents, ses confluents ressemblent – vus d'en haut – à l'enchevêtrement des veines sous la peau.

Trois petits adoptés, trois oiseaux perdus. Trois Sioux sous la couette. À la vie, à la mort, on ne nous séparera jamais, je veillerai sur vous toujours, avais-je déclaré solennellement à mon frère et à ma sœur dès leur arrivée en France. Moi, Emmanuelle Véronique Hermeline Laurens, fille unique des époux Laurens catapultée, à trois ans, l'aînée de trois enfants réunis arbitrairement, j'avais fait ce serment.

Nous étions trois. Trois enfants en bas âge recueillis lors de deux épopées différentes mais tout aussi périlleuses en Colombie. Deux ans d'écart entre les deux voyages. Le premier pour me récupérer à Bogotá en pleine guerre civile, le second pour recueillir Germain et Lucie dans une zone reculée du pays. Deux mères différentes, aucun lien entre elles, deux prostituées disparues en abandonnant leurs rejetons derrière elles. Et nous voilà réunis au hasard des procédures. Trois enfants. Deux filles, un garçon. Le choix du roi pour mes parents.

Moins d'un an sépare Germain et Lucie, frères et sœurs véritables. Contrairement à moi, éternelle esseulée sur la Terre.

Ils ont tout partagé. La misère en Colombie, les coups, la faim, le trou sous terre où ils ont vécu, Lucie petite maman pour Germain qui n'aurait pas tenu sans elle.

Toujours à se serrer les coudes.

Même quand, à la maison, ça valsait, ça criait, tempêtait, ah ! les insupportables, les ingérables, hurlait maman à intervalles réguliers et à bout de nerfs, filez tous les trois dans vos chambres, votre père sera mis au courant.

Un jour, il n'y a pas si longtemps, je lui ai entendu dire que – peut-être – l'adoption de trois enfants si rapprochés, c'était trop.

Papa et maman en rêvaient tant de cette famille construite envers et contre tous. Contre la nature, contre leur famille, leur cercle, les vrais amis, fausses relations et bien-pensants de mille sortes.

Adopter ? Ouh là là là ! Vous n'y pensez pas ? Sur qui allez-vous tomber ? Pensez à la lignée, n'oubliez pas d'où vous venez.

Accents pointus, commentaires. Papa et maman ont tout entendu mais tenu bon. Soudés et déterminés, ils ont enclenché la procédure avant même de se dire oui devant le prêtre qui les a unis.

Dix ans d'attente, de papiers, de dons aux associations. L'époque était aux petits Rwandais, aux Vietnamiens. Les Colombiens en tête de liste. Et un jour, sans crier gare, ma photo d'identité en barboteuse blanche regard noir leur est parvenue, postée de Bogotá.

Aux cousins, aux oncles, aux tantes, aux grands-mères : alors comment la trouvez-vous ?

Elle est mignonne, non ? Oui, disent les uns. Très mignonne, acquiescent les autres.

En vérité, je suis un poupon adorable. L'un de ces bébés gracieux et potelés qui provoquent des « oh ! », des « ah ! » et l'envie irrépressible de s'en saisir.

Départ de papa et maman pour la Colombie. Maman surmonte sa terreur de l'avion. Le colis promis est délivré dans un hôtel dont on leur recommande de ne pas sortir, les rues de la capitale sont bien trop peu sûres. Retour en France avec bébé.

Comité d'accueil bras ouverts à l'aéroport suivi du défilé des Rois mages à la maison avec leurs cadeaux. Je suis l'Enfant Jésus, née de l'Immaculée Conception, une petite fille gâtée, aimée, choyée du tout au tout.

Oh comme elle est jolie ! Je fais des sourires, des risettes aux adultes, j'ai bon caractère, je suis affectueuse.

Toi, Emmanuelle, on sent que tu n'as jamais souffert, tu es passée de bras en bras, me répète maman comme une litanie pour couper court.

Très affaiblis par les privations et les mauvais traitements, Germain et Lucie n'ont pas eu ma chance. Dieu sait ce qu'ils ont traversé. Ils ont été accueillis par papa et maman avec le même amour, un identique dévouement.

Mes parents, ces héros.

Blanca me hante. Où est-elle ? Qui est-elle ? Dois-je tout tenter pour la retrouver ou me résoudre à accepter les conseils de l'avocate Isabel Velazquez de Acosta ? Éviter de regarder en arrière, profiter de la chance que j'ai, bénir le ciel d'avoir été adoptée par une famille aimante, éduquée.

De Bogotá, Ève m'appelle à plusieurs reprises, insiste pour que je renonce à l'idée de retrouver ma mère biologique. Passe à autre chose, dit-elle, nous sommes allées au bout de ce que nous pouvions espérer.

Tant de persévérance à me dissuader provoque l'effet contraire.

Abandonner ne me ressemble pas. Parmi les qualités dont je suis fière : m'accrocher à ce que j'ai commencé.

Il me faut retourner en Colombie. Je suis née à San José. Ma mère y vit peut-être encore.

Ève me supplie d'oublier ce plan. Une folie, dit-elle. Les Farc n'ont pas encore signé le cessez-le-feu dans cette région. Le Guaviare et San José sont répertoriés comme les zones les plus dangereuses du pays.

Me dévier de ma voie est devenu son obsession. J'essaie de la calmer, lui jure d'être prudente, de ne pas mettre ma vie en danger. Rien n'y fait.

Chacun de ses appels pour m'empêcher d'aller plus loin se fait plus radical. Vivre le présent, en profiter. Sa prière s'est muée en antienne. Elle a sans doute raison. Dans quelle aventure vais-je m'embarquer ?

Mais j'ai beau me raisonner, l'appel de la Colombie est trop fort. Les dates de mon prochain voyage sont arrêtées. Je m'apprête à réserver mes billets, vérifie auprès d'Ève qu'elle pourra m'héberger une nuit à Bogotá.

Mon amie fond en larmes. Elle avoue m'avoir menti depuis plusieurs mois pour me protéger. Dès mon départ de Bogotá, l'été dernier, elle avait contacté l'avocate.

L'idée du message audio vient d'elle. Un subterfuge pour trancher net toute tentative supplémentaire d'en savoir plus. La vérité, finit-elle par lâcher, est que ta mère est morte.

Isabel Velazquez le lui a assuré. Et d'un commun accord, elles ont décidé de me le dissimuler.

Morte ? Comment ça, morte ?

Le déroulé fait par Ève est très détaillé. Blanca aurait été victime d'une *limpieza*, l'une de ces opérations de « nettoyage » orchestrées par la milice paramilitaire œuvrant en toute illégalité pour débarrasser la Colombie de la population à la marge, drogués, mendiants, putains, etc.

Blanca travaillait comme prostituée dans l'un des quartiers les plus mal famés de San José. Il a été « nettoyé » par une bande de mercenaires lourdement armés. Elle aurait eu juste le temps de me cacher sous une couverture avant d'être abattue par une rafale de pistolet-mitrailleur.

Les services sociaux m'ont retrouvée, se sont chargés de m'expédier le plus loin possible.

Les informations se bousculent. Mon cerveau sature. À l'autre bout du fil, Ève continue de hoqueter.

Une prostituée ? Je m'en doutais.

Depuis que je suis en âge de fréquenter les garçons, maman si policée d'ordinaire peut d'un instant à l'autre et sans raison valable se métamorphoser en furie, me traiter de tous les noms, éructer des « pute », « traînée », que sais-je encore ? Je m'habille trop court, m'assieds sans croiser assez haut les cuisses, rentre trop tard... Que n'ai-je entendu ? Accès de colère disproportionnés.

Mais Blanca victime d'une *limpieza* ? Je m'y refuse.

Moins d'un an après avoir appris son existence, me résoudre à la perdre à nouveau est inconcevable. Ma mère, mon double, ma mémoire enfuie, je t'en supplie, ne m'abandonne pas une seconde fois.

Les jours et les mois qui suivent virent au cauchemar. J'entends des cris, des tirs. Je perds l'appétit, le sommeil. Mes nuits sont un long sanglot. Mes journées s'étirent sans but à l'abri de mes lunettes noires. Mon maquillage est outrancier, mon style gothique et négligé, mes longs cheveux coupés ras. Je quitte mon boulot, renoue avec les beaux-arts, dessine des arbres et des racines à n'en plus finir pour convoquer les miennes perdues dans la forêt colombienne, décide de me faire tatouer un guaimaro dans le dos. Espèce endémique, vénéré des anciens, ce géant tropical a la faculté de renaître de ses cendres. Il figure le salut écologique de la Colombie. Il est ma renaissance au monde.

Car, petit à petit dans mon esprit, Blanca a changé de statut. Mère défaillante désormais héroïne. Par ricochet, moi, l'enfant abandonnée cède la place à un nourrisson aimé, protégé. Une enfant à laquelle sa mère a sauvé la vie. Je ressuscite, me redresse. Marche fière et droite.

Sur la jetée de Sète, j'organise une cérémonie à la mémoire de cette femme inconnue et qui le restera. Nous allumons des bougies, jetons des brassées de fleurs dans la Méditerranée.

Une amie prend un bâton pour tracer « B L A N C A » en lettres majuscules sur le sable, le ressac efface son prénom.

Blanca morte, papa et maman sont mes seuls parents. Il est temps de leur prouver qu'ils sont uniques, que je les aime profondément. Je rêve d'une fête pour mes trente ans. Je voudrais l'organiser à la maison. Lieu adoré, transmis de génération en génération chez les miens. Mon père a bataillé pour obtenir cette bâtisse à la mort de sa mère, il nous a promis de nous la transmettre le jour venu. Tous mes souvenirs y prennent leur source. Deux tours en façade, un escalier à vis, une grille historique autour du parc, le grand salon avec la commode en marqueterie italienne, ses tiroirs molletonnés de soie bistre pour y ranger l'argenterie, les goûters du dimanche sous l'arche voûtée de la cuisine, le feu dans la cheminée lors des réunions de famille. Au premier, la chambre de papa et maman orientée plein ouest côté jardin, moquette taupe, boiseries cirées, lit demi-corbeille, doubles rideaux en toile de Jouy usés comme il faut, baignoire, lavabo et bidet Jacob Delafon années 1970 dans le cabinet de toilette. Au second, côté est, nos trois chambres d'enfants, cotonnades provençales, fuchsia pour moi, vert canard pour Germain, bleu pétrole pour Lucie.

Je me souviens du décor vieillot du boudoir de bonne-maman, chinoiseries partout, armature en laiton du lustre à pampilles, tentures bordées de passementerie, son fauteuil faux style Louis XV en velours prune, dossier et pieds inclinables commandés par un bouton dissimulé dans l'accotoir. Que sont devenues les jolies vues de Marseille et sa collection de paysages à l'antique ? Hubert Robert, me disait-elle en pointant son dessin favori, une ruine auprès de laquelle se reposait mollement un jeune berger chapeauté de paille très attentif aux secrets échangés sous leur ombrelle par deux gracieuses demoiselles. Comme bonne-maman, j'aimais la douceur de cette scène, le charme de l'encre bistre.

Je me souviens de ma course quotidienne pour lui rapporter *La Dépêche*, journal déposé de bon matin par le facteur dans la boîte aux lettres du portail. Je courais à toutes jambes comme si la fraîcheur des nouvelles en dépendait.

Ouh là là ! Attention ma petite-fille, criait bonne-maman. Ne cours pas si vite. Tu vas tomber. Tu as vu mes parterres cette année ? Comme les pensées sont vaillantes, ne les écrase pas.

Et hop, dans ma main, elle glissait une friandise sortie miraculeusement de « l'armoire aux bonbons », enfilade Louis XVI à quatre portes, dans la famille depuis toujours.

Grand-père, lui, s'amusait à me faire peur avec des fables d'autrefois, inondations dramatiques, cochons saignés sous l'auvent. Et j'en passe. Chez nous, les murs parlent, les traditions se perpétuent, la mémoire se transmet.

Germain, Lucie et moi, nous nous sommes promis de refaire un jour de cet endroit la maison du bonheur. Comme avant. Avant que la situation ne déraille, avant que papa ne sombre. Sa dépression, sa mélancolie, sa rage et sa fureur. Notre cocon volé en éclats, portes qui claquent, cris de maman, si tu n'obéis pas, je t'en colle une, non mais pour qui vous prenez-vous ? le pas lourd et de moins en moins assuré de papa dans l'escalier pour la causerie obligatoire du soir, le baiser empâté à heure fixe. Retranchés chacun dans nos chambres, notre envie de déguerpir.

Refus catégorique de papa et maman de me laisser organiser la soirée de mes trente ans à la maison. Avec Dieu sait qui, s'est retenue de dire maman. Ses persiflages, je les connais.

La nuit de mon anniversaire, je craque mes dernières économies dans un billet low cost pour la Colombie. Je veux trouver la tombe de Blanca à San José del Guaviare, clôturer le récit à l'endroit où je suis née, écrire le mot « fin ».

Direction sud-est au départ de Bogotá. Deux cents kilomètres à vol d'oiseau, cinq cents par la route, fortement déconseillée pour cause de check-points aléatoires tenus alternativement par les milices criminelles et paramilitaires d'extrême droite nées du démantèlement des groupes Autodéfenses unies de Colombie, les AUC, et leurs ennemis jurés, les mouvements guérilleros issus des Farc. Même si l'époque a changé, si le Guaviare essaye de se reconstruire par la grâce de ses richesses naturelles exceptionnelles, la région continue de vibrer au rythme des exactions criminelles. Il n'est pas si loin le temps où les exécuteurs des basses œuvres de l'armée régulière pourchassaient les guérilleros sans se gêner pour les torturer en toute impunité.

Chaleur d'étuve quand j'atterris. Tignasse ébouriffée, noir jais, Omar m'attend à l'aéroport. Étudiant en cinéma contacté *via* Facebook, il me conduit chez sa tante. Quinze mètres carrés tenus au cordeau, deux pièces microscopiques, l'une pour dormir, l'autre qui sert à tout, une petite cour en béton avec un réchaud pour cuisiner, le lavoir extérieur où, au choix et en fonction des heures, on s'asperge d'eau, frotte son linge, récure la vaisselle. La pluie cliquette sur le toit de tôle ondulée, les chiens aboient dans le voisinage. Le quartier est très modeste, paisible. Les chaises sorties dans la rue pour prendre le frais devant chez soi, discussions à n'en plus finir, événements de la journée et autres nouvelles d'importance. Le havre est modeste mais c'est un havre. J'avais besoin de ce sas, d'une présence amie et affectueuse dans cet ancien eldorado de la coca longtemps assujetti aux Farc, Pablo Escobar et son omnipuissant cartel de Medellín comme parrains des révolutionnaires marxistes. Trafic de drogue et d'humains contre achats d'armes en tout genre ont gangrené la zone, la violence érigée en mode de vie quotidien.

Omar et sa tante veillent sur moi. Replète, volubile, attachante, la tante m'a prêté sa chambre, préparé son lit, sorti sa paire de draps infroissables. Les Colombiens sont très tactiles, elle m'enlace, me tapote le dos, m'embrasse, m'offre tout ce qu'elle a, le cœur sur la main. Omar ne me quitte pas d'une semelle. Nous parlons beaucoup. Comme moi, il a été abandonné par sa mère, une Indienne des montagnes. Son père assassiné par les milices d'extrême droite. Nous sommes liés par nos fantômes, notre peau mate, nos cheveux ébène, nos prunelles démesurément écarquillées, notre ambition commune.

Il rêve de réaliser un film sur les blessures surmontées de la Colombie. Je veux sortir de l'anonymat, faire valoir mon patronyme. Née Sandra Milena, je suis devenue Emmanuelle Véronique Hermeline. Deux créatures en une, accrochées, détachées, fondues, confondues. L'une puis l'autre. L'une et l'autre. L'une à la poursuite de l'autre. Il faut le clamer sur les toits.

Omar m'accompagne au Bienestar Familiar local, s'éclipse discrètement dès que j'ai franchi le seuil d'un petit bâtiment repeint de frais, murs blancs, toiture en pente sèche couleur vert d'eau, doubles portes à l'américaine en aluminium, terre-plein de brique pilée aussi impeccablement tenu que le court Suzanne-Lenglen à Roland-Garros. Sur la façade, à hauteur d'enfant, la naïveté peinte d'une ribambelle de bambins se tenant la main, sourire idoine, toutes dents dehors. Visages pâles, jaunes, basanés ou noirs, cheveux crépus, roux ou blonds.

Derrière le comptoir de l'accueil, une dame s'affaire. Autour d'elle, des étagères encombrées.

Par peur de la déranger, je chuchote : « Bonjour, je m'appelle Sandra Milena... »

Pas le temps d'en dire plus. L'employée pousse un hurlement, se lève d'un bond.

Mon Dieu, Sandra Milena !! Tu es revenue. Tu es là. Mon Dieu, oh mon Dieu, c'est toi !

La dame doit me confondre avec quelqu'un d'autre. Mon adoption date d'il y a trente ans. Si je suis passée par cette institution, je n'avais pas plus de dix-huit mois. Même en admettant qu'elle travaillait déjà ici à cette époque, comment peut-elle reconnaître mes traits de bébé dans mon visage adulte ? Impossible également qu'elle ait pu retenir mon nom.

Et pourtant.

Cette pleureuse s'appelle Myriam, surnom : l'*Elefante*. Rien à voir avec ses formes mais avec sa mémoire d'éléphant.

Elle m'assure se souvenir personnellement de chaque enfant recueilli au Bienestar, être au courant de chaque dossier, les tenir à disposition. Par la même occasion, elle m'annonce fréquenter depuis longtemps la nourrice qui m'a servi de « mère de substitution ».

Myriam me propose de procéder par ordre.

D'abord, consulter les documents. Ensuite, me faire rencontrer la vieille dame.

Je n'en crois pas mes yeux ni mes oreilles.

Myriam agit comme si elle estimait tout à fait naturel de me voir réapparaître au Bienestar des années après. Comme si, entre la petite bourgade du sud de la France où j'ai été élevée parmi les vignes et les rues défoncées de San José del Guaviare où je suis née, le chemin coulait de source.

Un tas de feuilles volantes. Les premiers mois de ma vie sont méticuleusement consignés au fil de quarante pages manuscrites. Myriam vient de déposer le tout sur la petite table du cagibi où elle m'a installée. Mets-toi là, tu seras au calme. Je reviens dans une heure.

Comptes rendus tamponnés, retamponnés, différentes écritures serrées. Je m'efforce de lire. Est-ce mon espagnol défaillant ? L'émotion qui m'étreint ? Je suis incapable de suivre le déroulement des événements. Chiffres, dates, personnages. La totalité de la pelote me résiste. Elle n'a d'autre effet que de me déclencher une violente attaque de migraine ophtalmique.

Une chose est certaine, j'ai beau chercher, je ne trouve nulle mention de la mort de ma mère biologique.

Blanca serait-elle encore vivante ? Je me raisonne. Ne t'emballe pas, Emmanuelle. Les faits, uniquement les faits. Et les faits sont basiques, cruels.

Je suis née d'une dénommée Blanca, âge entre 22 et 24 ans et de père X. La mère travaille dans la prostitution au café El Ganadero (le vacher) avenue du 7-Octobre.

Sans domicile ni revenus fixes, elle me confie à doña Elvia Cortez contre 5 000 pesos par mois (1 euro).

En vue d'enclencher la procédure d'adoption, l'administration sociale signale que ma « mère est une prostituée ne manifestant aucun désir de fonder une famille ».

Pour le dire plus simplement, Blanca est une putain dénuée d'amour maternel.

Le récit qui suit me tire des larmes.

Le 28 juin 1985 à 9 heures du matin, doña Elvia Cortez se présente au bureau du Bienestar de San José del Guaviare en vue de faire constater l'abandon de la petite Sandra Milena, âgée de sept mois, qui lui a été confiée le 12 décembre 1984.

Tout le quartier de l'avenue du 7-Octobre connaît doña Elvia Cortez. Elle vend des *empanadas* avec sa carriole et, de temps à autre, s'occupe du linge des serveuses du Ganadero. Elle raconte que Blanca, surnommée Nancy, est venue la trouver sept mois auparavant pour lui proposer de garder son nouveau-né.

On m'a assuré que vous vous en occuperiez très bien, dit Nancy.

Hors de question, répond doña Elvia Cortez. Vicky m'a déjà demandé le même service et elle n'est jamais revenue chercher son bébé.

Ah ! Mais moi je ne suis pas Vicky ! Je suis Nancy ! Je ne vous abandonnerai pas ma fille. N'ayez crainte.

Nancy (Blanca) insiste. Elle revient le lendemain avec une amie qui se porte garante.

À bout d'arguments, et sans doute alléchée par un petit revenu supplémentaire, doña Elvia finit par céder.

D'accord. Amène-moi ton bébé. Mais ne me fais pas un sale coup (*las patas rencas*).

Ne te tracasse pas, répète Nancy. Tu prends combien par mois ?

Doña Elvia demande 5 000 pesos à condition que Nancy (Blanca) se charge des couches, vêtements, lait, biberons, etc. Nancy paie le mois en cours, dépose la petite avec le matériel.

Il est mentionné dans le dossier que ma mère m'a allaitée durant vingt jours. Mon sevrage correspond donc à mon arrivée chez doña Elvia. Blanca m'a gardée avec elle trois semaines, trois minuscules semaines. Les difficultés s'enchaînent dès le deuxième mois chez doña Elvia.

Incapable de régler la pension, Blanca demande crédit à la nounou, elle a des dettes. Un travail censé venir ne vient pas. Avant Noël, elle disparaît, réapparaît début janvier. Doña Elvia se fâche.

Ah tu vois, j'avais raison ! Tu vas faire comme Vicky, disparaître et me laisser la petite.

Non, non, je vous promets, jure Nancy (Blanca). Gardez-la-moi encore cette nuit. Demain je la récupère et vous rembourse ce que je vous dois.

Les dernières nouvelles, c'est Bernardo, le fils de doña Elvia, qui les lui donne, le soir même.

Tiens au fait, *mami*, j'ai vu Nancy à l'aéroport, elle prenait l'avion pour Villavicencio.

Doña Elvia ne reverra jamais Blanca.

Pour certifier l'exactitude de sa déclaration lui permettant d'accéder au statut officiel de « mère de substitution » et obtenir le versement d'une allocation, doña Elvia Cortez trace une croix dans une petite fenêtre prévue à cet effet à la fin de son témoignage.

Aussitôt l'enfant enregistrée par les services sociaux, le Bienestar contacte la mairie pour établir une déclaration d'état civil postdatée, Blanca n'ayant apparemment pas déclaré ma naissance.

Des procédures sont enclenchées pour retrouver la mère. Des avis sont lancés, les prisons et les hôpitaux contactés dans un rayon de plusieurs centaines de kilomètres entre San José, où Blanca travaillait,

Villavicencio, où elle est supposée être partie, et la vallée du Café, où, d'après le peu d'informations à disposition, elle serait née.

Mesure habituelle en Colombie, où les disparitions inquiétantes sont monnaie courante, le Bienestar diffuse aussi un avis de recherche à la télévision. En parallèle, il prie l'avocate Isabel Velazquez de constituer un dossier d'adoption. Ces quarante pages manuscrites que je tiens entre les mains.

Le 17 octobre 1985, moins d'un an après le début de l'enquête, doña Elvia est informée que la petite Sandra Milena, dix-huit mois, est déclarée abandonnée, donc apte à l'adoption. La nounou est priée de présenter l'enfant **au plus vite** (ces trois mots écrits en gras et soulignés) car « d'après toutes les constatations, il existe la preuve d'un danger physique et moral sur la mineure ».

La Colombie des années 1980 n'a pas économisé son zèle pour accélérer l'expédition de ses enfants à l'autre bout de la planète contre espèces sonnantes et trébuchantes. Un marché très lucratif.

Dites, maman, vous avez payé pour m'adopter ? ai-je demandé un jour. Non, rien payé, ma chérie, mais nous avons fait des dons aux œuvres catholiques qui se sont chargées des démarches.

Des dons ? Ah oui ?

Papa, maman, ma sœur, mon frère et moi, trente ans de hauts et de bas. Trente ans de fous rires et de crises. Trente ans d'allégresse et d'engueulades. Trente ans de vacances partagées, d'excursions à la mer, de pique-niques du dimanche sur les flancs de la Sainte-Victoire. Trente années bercées d'épopées merveilleuses. Crème de la crème, mes aïeux sont l'honneur de la France, particule, noblesse, cérémonies, fierté, médailles. Trente ans de cousinades gigantesques, de vendanges joyeuses. Trente ans d'éducation chrétienne, de bons principes. Trente ans d'une existence privilégiée.

Trente ans de non-dits, aussi. Dans les vieilles familles telles que la nôtre, on ne parle pas, ne partage pas, ne se plaint pas.

Ai-je la moindre raison de me plaindre ? Le plus minuscule motif de récrimination ? Tempêter sur le gîte ou le couvert, la chaleur des Noëls, la qualité des fêtes d'anniversaire, l'affection, l'éducation, les soins ?

Trente ans d'amour inconditionnel en échange de trois semaines d'indifférence. Mère rock'n'roll échangée contre maman attentionnée.

La lecture de mon dossier me dessille. Injuste, ingrate, égoïste, déloyale. Je me maudis d'être venue ici comme je maudis Blanca de m'avoir conçue puis plantée là aux bons soins de qui voudra comme, dans son couffin d'osier, un chaton au bord d'une route. Myriam frappe avec délicatesse à la porte.

Ça va, tu as tout lu ?

L'*Elefante* a prévenu Osbelia, fille aînée de mon ex-nourrice. Elle m'attend sur son lieu de travail.

Je t'accompagne si tu veux.

Ni une ni deux, l'*Elefante* m'embarque sur son scooter.

Comme si elle venait d'accomplir un exploit ou de remporter un prix, Osbelia traverse en cinq enjambées un open space immense sous les vivats de ses collègues. Très grande, très mince, une bonne quarantaine d'années, bermuda sans forme, polo moutarde, posture un peu raide malgré ses bras en corolle censés me recevoir, elle s'exclame de la même façon que l'*Elefante* tout à l'heure : « Sandra Milena te voilà ! Tu es revenue ! »

Son cri de joie suivi sans transition par une lamentation au ciel : « Ah mon Dieu ! Qu'avons-nous fait ? Qu'avons-nous fait ? »

Ce qu'elle a fait, Osbelia me l'explique. Elle se reproche d'avoir pris sur elle de m'accompagner à l'aéroport il y a trente ans pour m'expédier à Bogotá en vue d'une adoption à l'étranger comme le préconisaient les responsables du Bienestar.

Doña Elvia, sa mère, ma nounou officielle, en avait été incapable. Elle m'aimait trop, m'aimait comme son propre bébé, me dorlotait, me gâtait, moi sa toute petite, et on la lui enlevait. Osbelia s'était chargée de la basse besogne. Elle ne se le pardonne pas.

Les compagnons de bureau d'Osbelia pleurent avec elle comme s'ils avaient entendu parler de mon cas depuis toujours. Aux pleurs succèdent les applaudissements.

Des rires, des bravos.

Ces démonstrations sont inappropriées. Elles me fatiguent. Je suis éreintée par la lecture de mes papiers au Bienestar. Et maintenant, cette impression d'être une bête de foire. La belle histoire de fin d'après-midi qui tombe miraculeusement avant de rentrer chez soi pour dîner. L'anecdote que l'on se raconte le soir en famille. Tu sais quoi ? Ma collègue Osbelia a revu une jeune fille dont sa mère s'était occupée il y a des années. Oui, tu sais, doña Elvia lavait le linge des racoleuses de la *calle 7*. Et l'une de ces putains, un beau brin de fille à ce qu'il paraît, lui a confié son nouveau-né à garder. Elle n'est jamais revenue la chercher. La mère d'Osbelia a entrepris des démarches pour faire adopter le bébé. Des Français sont venus la chercher à Bogotá et l'enfant est revenue sur les traces de son passé. Après trente ans. Incroyable, non ?

Trop-plein de réactions, de baisers, de cris. J'ai envie de tous les envoyer balader.

La seule chose qui m'intéresse désormais est le sort de Blanca. Est-elle vivante ? Je pose la question à Osbelia.

Dans le centre-ville de San José, près du fleuve, le domicile d'Osbelia et de sa mère est une fourmilière. Il règne une ambiance électrique dans ce foyer déserté par les hommes.

Bernardo, le frère, est en prison. Du mari d'Osbelia et père de ses nombreux enfants disséminés avec leur propre famille et adolescents dans les étages, il n'est jamais question, Osbelia partage dorénavant sa vie avec une femme. L'époux de doña Elvia – ma nounou – est mort depuis longtemps. Il paraît que je lui étais très attachée. Il m'a appris l'équilibre, a guidé mes premiers pas. Jouer avec ses savates faisait partie de mes occupations favorites.

Un immeuble de trois étages plus qu'une maison d'habitation. Le standing a bien évolué si je le compare aux descriptions consignées dans mon dossier concernant les conditions de vie de la pauvre lavandière illettrée à laquelle Blanca m'a confiée.

Fenêtres grillagées, rambardes de fer forgé, balustrades, avancées en ciment brut, d'autres parties plâtrées plus coquettes, deux balconnières bien entretenues où s'épanouissent de grosses plantes fleuries aux couleurs pétaradantes, à l'image des hibiscus artificiellement teintés qui font un tabac en toute saison dans les jardineries françaises. Airs de rap, bruits de télé, enfants qui se disputent, ça rentre, ça sort, on crie pour un oui pour un non.

Deux scooters et une voiture garés dans la cour qui fait également office de salon, cuisine, salle à manger. Une infirmière, une prof, les horaires des uns, des autres, les départs à l'école, au lycée, chacun travaille, se débrouille, tous les repas pris en commun, Osbelia dans le rôle de la mère nourricière qui trône, cuisine, débarrasse, se mêle et s'occupe de tout.

Y compris m'obliger à quitter la maisonnette de la tante d'Omar avec mon sac de voyage arrimé sur son scooter pour déménager chez eux, partager la chambre de doña Elvia, toute menue, fripée, couronnée de blanc. Une gentille vieille dame en T-shirt rose vif qui me prend aussitôt sous son aile.

Je lui raconte ma vie, mon bonheur d'habiter en France, mes voyages à travers la planète, mon irrépressible besoin de bouger. À ma nourrice, je me livre comme je ne l'ai jamais fait sur l'échec répété de mes aventures amoureuses, le désarroi de ne parvenir à me stabiliser, accorder ma confiance. Elle m'écoute, la tête un peu penchée sur le nuage blanc thermoplaqué sur son T-shirt au niveau de son épaule gauche, ma main glissée dans la sienne posée sur ses genoux. Je lui confie surtout me sentir inapte à devenir mère.

Aucune femme n'a cette obligation, ma petite Sandra. Certaines, comme Blanca, sont beaucoup trop indépendantes. N'oublie jamais que ta mère était une femme libre.

Je lui suis tellement reconnaissante de me dire ça, de ne pas juger ma mère. Ni pour m'avoir abandonnée, ni pour la profession qu'elle exerçait. *Abuelita*, comme j'appelle instantanément doña Elvia, tels les Colombiens leurs grands-mères, a dû beaucoup m'aimer. Je lui étais attachée. Cela se sent.

Elle aussi se dévoile, admet sa tristesse d'avoir dû me laisser partir si loin, faute de moyens pour me garder avec elle, son espoir secret de me revoir avant de mourir. Elle me montre une photo conservée dans leur album de famille. Je porte une jolie robe de fête en polyester à volants bouffants comme les poupées folkloriques sous leur cloche en plastique.

Notre complicité est instantanée, charnelle, j'ai besoin de la toucher, lui parler, me promener près du fleuve bras dessus, bras dessous avec elle, l'entendre respirer la nuit dans son lit de camp qui craque quand elle se retourne dans tous les sens, en proie à des cauchemars qu'elle me raconte au réveil à l'insu d'Osbelia.

Les mauvais rêves d'*Abuelita* ont pour unique sujet son fils Bernardo, emprisonné pour trafic de drogue à Medellín. Une nuit, elle me supplie de l'aider à le faire libérer. Il suffirait de payer la caution. Deux cents euros et Bernardo serait libre, ânonne ma vieille nounou de quatre-vingt-huit ans. Elle montre tant d'insistance que je finis par me demander, déçue, si elle attend que je lui verse cette somme pour service rendu.

Autour de moi s'est constituée une équipe de choc. Tout le monde veut m'aider à pister Blanca, dont nul ne sait qui elle est ni si elle vit.

Osbelia et sa copine Lidia ont fait appel à Victoria Granado, l'une de leurs amies qui elle-même a convié Ana Pena à la rescousse. Une femme éplorée dont l'unique préoccupation consiste à retrouver son conjoint, un homme politique local séquestré depuis dix ans au fin fond de Dieu sait quelle jungle et dans quelles conditions par les combattants des Farc. L'expérience d'Ana Pena peut servir, insistent les trois autres.

Ces femmes me soutiennent, m'encouragent.

Au croisement de deux rues tranquilles, une épicerie nous sert de QG. Quelques tables sur le trottoir, des chaises en plastique, de l'ombre, des boissons gazeuses. Le résumé des cancaneries de la veille, tu as pensé quoi d'untel, d'unetelle, démarre invariablement la séance du jour, et de ce côté t'as regardé ?

Il faut aller voir Nene, lance l'une des commères.

Nene est une vieille prostituée aux seins énormes, portés sans soutien-gorge sous son T-shirt flashy qu'elle soulève à intervalles réguliers pour s'aérer le ventre. Je ne lui envie pas sa jupe en similicuir en dessous de laquelle elle doit macérer.

On se retrouve à l'épicerie. Nene s'affale sur un siège juste assez solide pour l'accueillir, elle fait cercle, parle fort, blague.

Tu veux quoi, un jus, et toi, un café, et toi ?

Comme d'habitude, je règle toutes les consommations.

Nene savoure sa cannette glacée de Seven Up, fait comme si je n'existais pas. Pas bonjour, pas merci.

Soudain, volte-face. Elle me toise : « Bon, qu'est-ce que tu veux ? »

Je lui explique la situation, mon adoption en France, mon retour à San José pour tenter de renouer avec ma mère biologique nommée Blanca Nohora Granados, dite Nancy, prostituée au café El Ganadero au milieu des années 1980 avant de disparaître. Bien sûr, elle est trop jeune pour l'avoir connue. Mais peut-être en a-t-elle entendu parler ?

Non, ça ne lui dit rien. Mais Nubia, peut-être. Elle travaille toujours à El Ganadero. Va la voir, dit Nene.

Sur le fleuve Guaviare, avec sa terrasse sur pilotis, El Ganadero est encore de nos jours un établissement mal fréquenté. En devanture, le bar. À l'arrière, une série de baraques minables où logent les serveuses.

Nous pénétrons dans l'appentis le plus reculé, une dizaine de compartiments qui se suivent, toutes portes fermées malgré la chaleur. Au bout du corridor, sur un chambranle, un prénom griffonné au crayon graphite signale que nous sommes arrivées chez Nubia.

Elle se repose dans sa chambre. Voilage jaune canari, fleurs en cretonne, effets de transparence, des bibelots bon marché qui scintillent de mille feux. Nubia est alanguie sur une méridienne recouverte d'un tissu éponge amovible. Mettez-vous à l'aise, nous dit-elle.

Non, non merci, on ne fait que passer, dis-je.

Je suis mal à l'aise, complètement nouée.

Un réflexe de survie m'empêche d'imaginer ma mère dans ce décor. Qu'elle m'ait conçue à cet endroit, sur ce même genre de canapé de misère est plus que probable.

L'univers du sexe tarifé m'a longtemps obsédée. Durant mes années de fac, je logeais dans un quartier bourgeois de Montpellier investi dès la nuit tombée par un ballet de voitures qui ralentissaient devant les filles de joie sorties de l'ombre. Je passais des heures à observer le manège des femmes qui racolaient et des clients qui, parfois s'arrêtaient et repartaient avec une fille à bord, parfois redémarraient à vide. Tiens, « la pute » a dû demander trop cher, pensais-je. Faute d'imagination, mes réflexions n'allaient pas bien loin. Être née de l'une de ces passes ne m'avait même pas effleurée.

« La pute ». Ainsi les appelaient mes amis avec mépris quand ils ne crachaient pas leur agacement envers quelqu'un par l'un de ces « fils de pute » balancés à tort et à travers.

Ne parlez pas comme ça, c'est un métier comme un autre.

Je n'en pense pas un mot.

Je fuis l'érotisation des corps, même dans les films, même pour des publicités, maillots de bain ou parfums. Au cinéma, les scènes de sexe m'obligent à quitter la salle. J'ai horreur de la domination masculine, de la soumission des femmes, de l'obscénité, des regards, gestes et sous-entendus.

Ces « Ouh les jolies Colombiennes ! », « Ouh le charme latin ! » et sourires en coin quand les grivoiseries allaient bon train à la fin des repas de famille. Voix hautes et brutales s'échangeaient appréciations et sifflets de connaisseurs à la vue de nos petits seins prépubères en pointe sous nos T-shirts. Ma sœur Lucie et moi étions deux jolis oiseaux

« exotiques », deux petites brunettes au corps caramel livrées en pâture à ce clan de bien élevés affriolés sans mesure. Maman en a été le témoin. Elle a perçu, j'en suis certaine, notre envie de disparaître, nos vœux à tous les saints pour que cesse ces appétits masculins, corsetés par l'éducation, le mariage, la tenue exemplaire exigée. Je lui en veux de n'avoir jamais mis le holà à ces laisser-aller de bonne famille, de ne s'être pas arc-boutée contre les siens pour protéger ses filles.

Nubia ne sait rien concernant Blanca, elle ne l'a pas connue. Mais elle a entendu parler d'une indigène à la recherche de sa fille confiée il y a longtemps à quelqu'un sur l'avenue du 7-Octobre, à l'endroit exact où doña Elvia lavait le linge des filles d'El Ganadero.

Cette femme vend maintenant des *empanadas* à Esperanza, bourgade voisine de San José, une demi-journée de route à tout casser.

On y va ! lance Osbelia relayée par son chœur de comparses.

Aurais-je dû les freiner ? L'équipée débutée sans préparation façon road-movie entre filles s'est soldée par un désenchantement particulièrement douloureux à surmonter.

Nous sommes parties à l'aube, deux scooters pour quatre, des sandwichs pour la route, au moins quatre check-points avant d'arriver dans une ville déserte écrasée par la chaleur de midi. Trouver Blanca dans ces conditions ne donnera rien. Je le sais. Mais Osbelia et sa bande sont tellement heureuses d'échapper tous frais payés pour quelques heures à leur train-train. J'ai promis de prendre en charge toutes les dépenses.

Après plusieurs détours, on nous indique un quartier où vivent de nombreuses marchandes ambulantes. Mes compagnes jettent leur dévolu sur une jeune fille qui prend le frais sur le pas de sa porte, vingt ans grand maximum, un enfant suspendu à son sein. Bonjour, connaissez-vous une vendeuse d'*empanadas* qui aurait perdu sa fille ?

La jeune femme très brune, yeux noirs, pas très grande, physique d'Indienne, me ressemble un peu. Elle écoute notre récit, dit que sa mère n'est pas à la maison pour l'instant mais que oui, elle vend des *empanadas*. L'une de ses filles a effectivement disparu, donc oui, pourquoi pas, cela se pourrait que je sois sa sœur et, ni une ni deux, la jeune fille sort son téléphone pour une salve de selfies avec moi.

J'ai beau la prévenir que rien n'est moins certain, mieux vaut rester prudent, d'abord vérifier, elle ne veut rien entendre.

Comment pourrait-elle se refréner ? Osbelia exulte, pérore, décrète qu'il faut voir, que nulle option n'est à négliger.

Toujours cette manie de vouloir décider à ma place. Même à San José, elle régente. Changer ma coupe de cheveux, me faire des tresses, m'offrir un nouveau jean, vouloir me trouver un boulot, un petit copain, se mettre en quête d'un logis. Sans que je parvienne à lui faire comprendre que, non, je ne m'installerai pas à San José, le passé c'est le passé. Et le passé ne se rattrape, ni ne se rachète.

Encore une fois, je cède, accepte de patienter dans la pièce minuscule qui sert d'habitation aux deux femmes et au bébé. Un espace si étroit et si encombré de hardes bon marché, de paquets de couches déchirés, d'ustensiles de cuisine crasseux que nous peinons à trouver l'espace pour nous asseoir sur le lit. Le bambin pleure, il sent mauvais. Pas de fenêtre, pas d'air. Ni le moindre filet pour balayer ce cadre misérable. Je veux partir. Fuir à toutes jambes. Si je suis issue de ce foyer, je préfère ne pas le savoir.

Pupilles dilatées par la fatigue, un carré de coton imprimé noué sur le haut du front en turban, sa robe chasuble usée jusqu'à la corde, la mère rentre enfin chez elle. Sa fille lui explique notre présence, se met à pleurer, relayée par la matrone épuisée.

Il faut s'en aller, partons, je vous en supplie. Laissons ces femmes tranquilles. Je n'en peux plus.

Osbelia ne veut rien savoir. Malgré mes supplications, elle exige de la dame qu'elle se coupe une mèche afin que je puisse l'envoyer à un laboratoire spécialisé dans les contrôles ADN. La scène me dégoûte.

Vous vous appelez Blanca ? Non, pas Blanca, dit la dame éreintée qui me tend ses papiers.

Allez, tant pis, on s'est trompées, ça arrive, allons faire la fête ! décrète Osbelia, pas embarrassée pour un sou, en fonçant droit dans la direction d'un dancing en plein air repéré lors de notre arrivée à Esperanza.

Plancher de bois, loupiottes multicolores, *cerveza* qui coule à flots, les couples dînent, boivent, dansent.

Impeccablement gominés, les uns ventripotents, certains jolis garçons minces comme des fils, d'autres bodybuildés. Tous sans exception se sont aspergés d'une forte dose de *loción*. Les cavaliers sont exclusivement masculins, leurs cavalières – d'âges et de physiques inégaux – toutes de de sexe féminin. Ainsi en va-t-il traditionnellement en Colombie jusqu'à 22 heures. Nul mélange des genres. Passé cet horaire, tout est permis. Et mes copines monopolisent aussitôt la piste. Osbelia enlacée collé-serré à Livia pour des salsas de plus en plus *calientes*. Ana Pena ressuscitée de son malheur virevolte avec qui voudra. Je bois, je rigole, m'en donne à cœur joie jusqu'au bout de la nuit, miraculeusement requinquée par les Latin Brothers et Shakira.

Le lendemain matin, en sortant de l'hôtel, j'explique à Osbelia qu'il est temps de nous séparer. Esperanza était une mauvaise idée. Je ne souhaite pas m'attarder. Je suis fatiguée. Après trois semaines infructueuses à San José, mieux vaut poursuivre ma route seule.

Je n'ose leur dire combien j'ai besoin de retrouver ma liberté, combien leur compagnie me pèse, combien je suis déstabilisée. Depuis la révélation de l'existence de Blanca, illusions et désillusions se succèdent en montagnes russes.

Dans un ultime effort, je grimpe dans un car pour Tuluá, chef-lieu de la vallée du Café. D'après les renseignements que je possède, Blanca serait née dans cette ville vers 1960. La mairie accepte que j'épluche les actes de naissance et de décès des cinquante dernières années. J'y passe cinq jours entiers, les yeux irrités par la lecture des registres.

Il n'y a aucune Blanca Nohora Granados.

Je remarque des haut-parleurs installés partout dans la ville. Aux façades des maisons, aux immeubles, bâtiments administratifs, réverbères, balcons, enseignes publicitaires disséminées dans les rues piétonnes. Entre les émissions musicales, les radios, privées ou nationales, diffusent des avis de recherche enregistrés par des citoyens dont les proches sont séquestrés par les Farc, leurs dissidents ou des bandes mafieuses.

Je participe à l'un de ces flashs en direct : « Bonjour, je m'appelle Sandra Milena, j'ai trente ans. Née colombienne à San José del Guaviare, j'ai été adoptée en France en 1985, je suis peintre. Je cherche ma mère biologique. Elle est née à Tuluá vers 1960. Son nom est Blanca Nohora Granados. Si vous la connaissez, ou sa famille, s'il vous plaît, contactez-moi à ce numéro. »

Mon annonce est inhabituelle. Une Française adoptée venue de si loin pour enregistrer son appel au secours, ce n'est encore jamais arrivé à Tuluá. En général, ce sont des gens de la région qui ont recours à ces flashs.

Par hasard, un journaliste de télévision entend mon message. Il me contacte, se propose de réaliser un reportage pour la télé locale, pioche des photos sur mon blog, télécharge les images d'un court film réalisé par un ami en France sur mes peintures. Son équipe s'émeut de mon histoire, de ma solitude. Un autre reporter publie mon portrait dans un hebdomadaire populaire et gratuit distribué dans toute la vallée.

Je me sens soutenue, les choses bougent. Un détective me suggère deux numéros à appeler. J'appelle les numéros donnés. Blanca Granados ? Non, pas de Blanca à ce numéro.

Fausses pistes, attentes déçues, agitation inutile, très haut, très bas. La ritournelle usuelle a vite repris ses droits. Le soufflé est retombé.

Je perds à nouveau confiance, suis fauchée, sujette aux vertiges, aux crises de larmes. J'ai maigri de dix kilos, une conjonctivite me contraint aux lunettes noires. Hôtels de routards, nourriture de bouis-bouis et sommeil aléatoire ont raison de ma détermination.

Brièvement rallumée, la lueur de ma bonne étoile s'est déjà affadie. En m'abandonnant à mon sort, Blanca a définitivement éteint la lumière derrière elle, brouillé les pistes.

J'ai péché par orgueil. Blanca est une chimère, le fruit de mon imagination, un personnage affabulé mi-femme mi-démon qui m'attire dans les tréfonds. Blanca, je te déteste. Tu me détruis.

La colère et le découragement me font divaguer.

Contacté par mail, un producteur de télévision spécialisé dans la recherche des parents d'enfants adoptés est le seul espoir qui me reste. Son émission est très suivie. Il dispose de gros moyens, de reporters efficaces. Si une histoire l'intéresse, il finance la totalité des investigations, tests ADN, déplacements. Seule condition, accepter de se mettre en scène. Je n'ai plus rien à perdre.

Sa réponse me parvient par retour de mail. « Chère Emmanuelle, merci pour ton message, regarde les épisodes déjà réalisés et on en reparle. Ce week-end, nous fêtons Pâques. Viens me voir quand tu seras à Bogotá. »

Semaine sainte, semaine sacrée. Le pays s'arrête. J'en profite pour reprendre des forces, me réconcilier avec ma terre d'origine. Mes dernières économies me permettent de filer à San Agustín.

Grimper dans un car, balancer mes sacs au milieu du désordre, me fondre dans la cohue des passagers, ouvrir grand les fenêtres, me couler dans les habitudes de mes compagnons de voyage, manger, bavarder, imaginer que j'aurais pu vivre leur vie dans ces montagnes. La Colombie est un pays d'une beauté brute, aux paysages fracassants. En direction du Pacifique sud, la route se faufile à travers cols abrupts et canyons à pic, longe des cascades hautes de deux cents mètres, traverse des forêts tropicales parmi les plus belles de la planète. Palmiers endémiques, fougères arborescentes, tamarins aériens, passiflores en lianes, magnolias gigantesques, feuilles craquantes et brillantes comme des parquets cirés, fleurs butinées par des nuées d'oiseaux-mouches, de petits colibris bleus, rouges ou mauves, qui plongent leur trompe dans le nectar sucré des heliconia orange aux allures de papillons. Je me sens revigorée.

Visiter les sites précolombiens près de San Agustín signifie s'aventurer dans la jungle pour plus de cinq heures de marche avec les Amérindiens. Ils savent où trouver les stèles monumentales, pierres en forme d'oiseau, de grenouille, d'homme jaguar ou grotesque qui tire la langue. Ils connaissent le chemin des tombes, pierres plates et dolmens. Ils peuvent aussi poursuivre le chemin jusqu'à la fin du monde, *el fin del mundo*, coin reculé de la forêt où poussent les champignons hallucinogènes. Avec eux, je me hasarde au plus loin des songes sous la conduite d'un chaman et d'une prêtresse indienne.

Ah mon amie, comment allez-vous ? Au nom de la Colombie, je tiens à t'accueillir. *¿Podemos hablar español?* As-tu regardé mes émissions ? Qu'en as-tu pensé ?

Le producteur de télévision Camillo Perdo est un homme de cinquante-sept ans qui porte beau, chic anglais, chevelure plus sel que poivre balayée en arrière, affable, à l'écoute. Sa sœur cadette a été adoptée en Angleterre, sa mère est colombienne, sa grand-mère asiatique, il a vécu aux États-Unis. Son équipe de production est exclusivement féminine, son émission consacrée aux enfants « vendus » très suivie en Colombie. Il utilise le terme « enfants vendus » à dessein. Car, dans les années 1980, dit-il, le pays s'est séparé un peu vite de sa progéniture en échange de sommes conséquentes.

Aujourd'hui, Camillo Perdo reçoit énormément d'adultes venus comme moi lui demander de l'aide. Physionomie de Colombiens, accents du monde entier, ils sont complètement déboussolés. Les adoptions de la plupart se sont bien déroulées. Mais pas toujours.

Il me reçoit durant plus d'une heure, attentif, généreux, vraiment rassurant. Je me livre un peu, énumère mes démarches, avoue ne plus en pouvoir. Quand je concède n'avoir aucune preuve formelle de l'existence de ma mère, il me stoppe net, change de ton.

Un journaliste, m'explique-t-il, n'a pas de temps à perdre. Pour enquêter, un minimum est nécessaire.

D'ailleurs, pour l'instant, son programme est interrompu. Trop de menaces de mort, d'accusations. Certaines vérités jamais bonnes à ressortir, se plaint le riche, célèbre et réputé Camillo Perdo, qui ne peut finalement rien pour moi. Excepté, quand même, me confier les coordonnées d'un détective. Un homme de confiance. Je peux le contacter de sa part.

Un détective ? Mise dans la confidence, mon amie Ève craint une arnaque. Méfie-toi. Il va te demander de l'argent.

On verra bien si ses tarifs sont inabordables. Cela ne me coûte rien de lui téléphoner.

Allô, bonjour, vous êtes Gustavo ? Je suis Emmanuelle, je vous appelle de la part du producteur de télévision Camillo Perdo.

Bonjour Emmanuelle. Que puis-je pour vous ?

Gustavo est très poli, très professionnel. J'aime bien sa voix rauque et voilée de fumeur. Sa prudence. Les blancs qui s'étirent dans la conversation. Il me passe à la question comme tout le monde. Vous avez fait ça ? Vous êtes allée là ? Vous avez vérifié ceci, cela ? Oui, oui, tout, j'ai fait tout ça, tout exploré.

Combien demanderait-il pour m'aider ?

Il prend d'abord soin de m'annoncer ne faire aucun profit sur le dos des enfants adoptés mais avoir besoin de liquidités pour monnayer des infos, payer des intermédiaires, soudoyer des employés dans les administrations, se déplacer s'il le faut. Il démarre une enquête avec trois cents euros. S'il trouve ma mère, trois cents euros supplémentaires.

Cette somme, je n'en dispose plus. Pour financer mon vol de retour en France, même ma chaîne de baptême en or a été sacrifiée chez un revendeur de Bogotá. Je promets à Gustavo de revenir en Colombie dans quelques mois. J'aurai l'argent.

Paris, ville des miracles. J'y ai déménagé, trouvé un boulot d'assistante scolaire, déniché une colocation avec deux amis boulevard Magenta. Je recommence ma vie à zéro. Ma chambre est monacale. Accordée à mon nouvel état d'esprit. Un grand lit de cuivre, une table à tréteaux pour dessiner, murs, rideaux et boutis immaculés. Je ne veux ni meubles, ni tableaux, ni photos de famille.

J'ai tout de même acheté trois pensées bleues comme l'azur, suspendues à ma fenêtre en souvenir de bonne-maman, et des ciels du Midi.

Paul est projectionniste dans une salle d'art et d'essai. Il m'initie aux classiques du cinéma, *Blue Velvet*, *La Grande Illusion*, *Baisers volés*, *L'Amour conjugal*, *Les 400 Coups*, Truffaut de long en large. Je suis amoureuse. J'apprends à décrypter les films, je rencontre ses parents. Je l'aime, je l'aime, je l'aime. Je l'aime comme je n'ai jamais aimé. Je veux l'épouser, partager ses jours jusqu'à la fin de ma vie, faire des bébés avec lui. Il m'apprend la confiance, s'efforce de dompter le monstre tapi en moi. La jalousie est une maladie.

Paul en est conscient, compose.

Le rythme de Paris ne me fait pas oublier la Colombie ni la promesse faite à Gustavo de revenir avec les trois cents euros qu'il demande pour relancer mon enquête. J'accepte des heures supplémentaires, vends quelques dessins, gratte où je peux, économise, me prive. Blanca me coûte cher, mes économies n'y suffisent pas. Même réduite au minimum, la logistique de mes voyages dépasse mon budget. La perspective d'un boulot me sert de déclencheur. En échange de cours de dessin aux enfants kogi, une association me finance trois semaines dans la sierra Nevada. Les Kogi sont les héritiers d'une des plus anciennes civilisations précolombiennes, une population d'agriculteurs semi-nomades, l'un des derniers peuples autochtones de Colombie. Contrairement à la plupart des Indiens, parqués dans des réserves gouvernementales aléatoires qui les privent de leurs moyens de subsistance ancestraux, les Kogi sont une petite dizaine de milliers d'hommes et de femmes libres et fiers, qui vivent au plus près de la nature dans une vallée luxuriante située à plusieurs heures de marche de Santa Marta, loin de tout, à plus de six mille mètres d'altitude, presque au sommet du monde. À l'écart du tourisme et de la civilisation occidentale dont ils se protègent, ils vénèrent la Terre Mère, cultivée avec un respect infini, s'en érigent, sublime arrogance, les uniques gardiens.

J'envie leur style de vie minimal, le radicalisme qui leur fait préférer le suicide à la soumission, leur spiritualité. J'avais découvert leur existence par hasard, au détour d'un chemin lors de mon premier séjour en Colombie. Leur territoire est situé à moins de cinquante kilomètres de la mer des Caraïbes. J'étais partie en randonnée sac au dos. Je rêvais de pouvoir les côtoyer plus longtemps, m'imprégner de leur spiritualité, passer du temps avec leurs enfants qui me ressemblent. J'en adopterai le calme, le mode de vie en harmonie avec les animaux et les plantes qui les entourent, leur tenue unisexe, tunique blanche croisée sur la poitrine, une épaule découverte, pieds nus.

Avant de les rejoindre, comme convenu, je contacte Gustavo dès mon arrivée à l'aéroport de Bogotá. Bonjour Gustavo, c'est Emmanuelle. Vous savez, la Française adoptée qui vous avait téléphoné de la part du producteur Camillo Perdo. J'ai réuni la somme que vous m'aviez demandée pour démarrer votre enquête sur ma mère. Pourrions-nous nous convenir d'un rendez-vous ? Je suis en ville pour quelques heures.

Gustavo se souvient. Nous nous rencontrons brièvement, le temps de lui transmettre la copie du dossier conservé au Bienestar de San José et la totalité de ses émoluments.

Il me garantit se mettre au travail dès le lendemain. À mon retour de la cordillère des Andes, trois semaines plus tard, toujours aucun écho de sa part. Pas un texto, rien.

Allô, Gustavo, que se passe-t-il ?

L'entrée en matière usuelle quand on n'a pas tenu ses engagements en Colombie tient en trois mots : *lo que passo* (ce qui s'est passé). Un début inaliénable suivi d'une énumération de (mauvaises) excuses.

Le « *lo que passo* » de Gustavo, se résume à « je suis tombé malade, n'ai pas eu le temps, pas pu ».

Oui mais moi, je rentre dans une semaine en France…

Dès le lendemain, Gustavo me téléphone, enjoué.

Hello Emma ! Bonne nouvelle, j'ai trouvé ta mère. Mauvaise nouvelle, elle vit dans la rue.

Comment ça, Gustavo ? Par quel moyen l'as-tu trouvée ? Et c'est quoi cette histoire de vivre « dans la rue » ? Qui te l'a dit ? Hier tu ne savais rien.

Gustavo me signale plein d'erreurs dans mon dossier. Il dit que les informations concernant

Blanca – âge, patronyme – sont inexactes. Le seul renseignement valable est son lieu de naissance dans la vallée du Café.

Je ne sais pas exactement de quelle manière il est parvenu à démêler le vrai du faux, mais sa conclusion, la voici.

Ma mère ne s'appelle pas GRANADOS mais GRANADA. Et elle serait EN VIE.

Gustavo en est certain à 80 %, car une femme est enregistrée à l'Integración Social de Bogotá sous cette identité.

À condition qu'ils puissent justifier d'une adresse, l'organisme d'État en charge des indigents leur verse en main propre une aide financière de 150 000 pesos (47 euros) par trimestre s'ils se présentent en personne dans leurs locaux pour la percevoir.

Le dernier versement perçu par Mme Blanca Nohora Granada est signalé en date du 13 janvier dernier, il y a moins de trois mois.

Gustavo a pris sur lui de contacter l'assistante sociale qui s'occupe de ma mère. Elle demande à me rencontrer. Entre-temps, il va essayer de soudoyer un employé de l'Integración pour obtenir une photo que l'on pourra distribuer dans les rues.

Ce sera cent euros de plus.

Encore cent euros ? OK, Gustavo.

La tête me tourne. J'ai tellement rêvé de ce moment. Trois ans à espérer, à me décourager. Trois ans de fuite, de négligences. Ma famille mise de côté. Maman, reléguée à distance. Ma sœur Lucie, injoignable. Mon frère Germain, fuyant. Je n'ai pas su trouver les mots pour leur exprimer mon obsession. Trouver Blanca mué en nécessité vitale. Inexplicable. Je n'ai pas vécu avec ma mère biologique, n'ai jamais pensé à elle durant trente ans et, d'une minute à l'autre, elle a occupé tout l'espace, se faufilant dans ma vie comme ces pâtes gluantes qui amusent les enfants en s'incrustant dans les interstices. *Blanca* veut dire « blanche ». *Nohora* signifie « lumière ». La sonorité de *Granada* me fait penser à Ernesto Guevara. El Che. L'icône rebelle, le révolutionnaire marxiste et séduisant, le romantique absolu, si l'on en croit le poster que j'avais affiché dans ma chambre comme la plupart des adolescents de ma génération. L'étoile sur son béret, sa barbe de plusieurs jours, la fermeture éclair de son blouson remontée sous le menton, ses cheveux en désordre, son regard déterminé comme une invitation à survoler les petitesses du monde. Prise à la va-vite sur une estrade à La Havane par Alberto Korda, la photo du Che date de 1960. Elle m'a tant fait rêver.

Blanca m'a coupé de mon univers en me laissant espérer découvrir le sien. Mais dans quelle galaxie vit-elle ? À quoi ressemble le domaine d'une *habitante de las calles,* comme sont désignés les sans domicile fixe en Colombie ? Égarés à la bouche tordue, spectres enturbannés de sacs plastiques, branlantes pyramides de cartons, sans toit, sans frusques, sans repères, ni pedigree, ces troupes d'invisibles hantent les villes par milliers. La dénicher dans ce contexte est aussi aléatoire qu'espérer harponner une ombre.

Et qui me prouve que cette Blanca Nohora Granada débusquée par Gustavo est bien ma mère ? Vingt-quatre heures de démarches fructueuses pour lui, trois ans d'échecs pour moi. L'équilibre est, pour le moins, inégal.

L'assistante sociale de l'Integración Social me scrute des pieds à la tête. Oh, tu lui ressembles tellement ! Aucun doute possible, s'exclame-t-elle.

Suit un tableau alarmant de la nommée Blanca Nohora Granada. Une femme malade, vraiment très malade, et depuis très longtemps. Seule au monde, sans famille, dépressive, elle passe son temps à dire qu'elle veut mourir, supplier qu'on l'hospitalise et lui prescrive des médicaments.

Pour bénéficier de son allocation, elle a indiqué l'adresse d'un hôtel dans le *barrio* San Bernardino.

Je ne veux pas en savoir davantage.

S'il y a une adresse, allons-y, dis-je à Gustavo en l'embarquant dans un taxi sans lui demander son avis, comme s'il faisait désormais corps avec moi.

Dans la voiture, je m'étonne d'être aussi volubile, bavarde comme une pie, j'extrapole, échafaude. Avoir une adresse pour Blanca relève du miracle. Je suis tellement focalisée sur cette chance que je n'ai aucune conscience de la longueur du trajet. Ni de l'état de mon compagnon, ni de celui du chauffeur. Je me suis tellement habituée aux embouteillages, à la circulation incessante, aux avenues suspendues ou non qui déchirent Bogotá comme des autoroutes, à cette alternance de tours de verre et de béton au milieu de bâtiments sans architecture ni âme, de moins en moins flamboyants, de plus en plus piteux selon les zones. Je ne me suis pas rendu compte de l'état de délabrement qui augmentait à mesure que nous progressions vers notre destination. Le taxi se gare sans prévenir, vitres et portes barricadées.

San Bernardino, c'est là-bas, déclare le conducteur en désignant l'amorce d'une rue jonchée de détritus. Je n'y rentre pas, dit-il. Le quartier est trop dangereux. Continuez à pied si vous y tenez vraiment. Je l'entends baragouiner un « à vos risques et périls » avant de nous planter.

Il fait froid, gris, je remonte ma capuche, ferme mon col, planque dans mes poches tout ce que je peux planquer. Mon sac à dos arrimé sur mon ventre pour plus de sécurité.

Bien plus baraqué que moi, Gustavo n'en mène pas plus large. Il aurait pu repartir avec le taxi, me signifier que sa mission s'arrêtait là. Pour trois cents euros, il avait fait le maximum. Mais il est resté.

Capharnaüm de ruelles, égouts à ciel ouvert, détritus, rats qui détalent, baraquements de parpaings, dealers, souteneurs, prostituées défoncées. Une masse éparse. Silhouettes décharnées, aux contours flous, corps abîmés, bouches édentées, regards mauvais. Gustavo et moi sommes les intrus.

Ici règne le *basuco*, drogue dure pire que la coke. Un succédané synthétique qui stoppe la faim, le froid. Le *basuco* permet d'endormir la souffrance, le malheur, la misère, toute velléité de s'en sortir.

Restons groupés, murmure Gustavo.

Je ne sais pas par quel nouveau miracle nous trouvons l'hôtel indiqué par Blanca à l'Integración Social comme son domicile.

Blanca ? Pas de Blanca ici, grogne un borgne faisant office de réceptionniste, peau sur les os, mèche éparpillée sur la cavité vide de son œil.

Il grogne encore. À quoi elle ressemble ?

J'essaie d'expliquer que Blanca est ma mère, ma copie conforme. Le nez, la bouche, les cheveux bas sur le front, je dis n'importe quoi puisque je n'en sais rien. Je balbutie, m'embrouille, demande à consulter le registre. Éclat de rire du réceptionniste.

Un registre ?

Dans notre dos, des types nous bousculent pour nous faire comprendre que nous encombrons le passage. Les allées et venues sont incessantes dans ce petit corridor en très mauvais état qui dessert les étages.

Sortons, Gustavo ! dis-je à mon compagnon. Si ma mère est une prostituée, adressons-nous aux prostituées. Il doit bien y en avoir une qui la connaît.

Je suis une pile électrique. Gustavo, un ours. Une armoire à glace placide et barbue montée sur une base très solide. Un socle qui lui permet d'endurer toutes les situations, aussi inconfortables soient-elles.

Je m'approche d'une grande perche, jambes nues dans ses cuissardes malgré la température glaciale, seins gonflés à l'acide hyaluronique, pupilles dilatées par le *basuco*.

Connaîtriez-vous une femme presque comme moi, surtout le haut du visage ?

Tu veux des infos, file des pièces.

Je lui en donne.

Va voir la vieille déglinguée assise sur le trottoir, là-bas. Il pourrait y avoir un petit air avec toi. Méfie-toi, elle boit beaucoup.

Aussitôt, un mec s'avance, tesson de bouteille à la main. Je ne suis pas froussarde, l'ai prouvé souvent, mes équipées colombiennes sont auréolées d'une inconscience salvatrice. Ni l'éventualité de croiser des Farc dans le Guaviare ni la perspective de mauvaises rencontres ne m'ont échaudée. J'ai tracé ma route en solitaire sans reculer. Cette fois, j'ai peur. Le quartier de San Bernardino est réputé le plus dangereux de Bogotá, ville connue parmi les plus dangereuses d'Amérique latine. Mon envie inconsidérée de renouer avec ma mère biologique va-t-elle me coûter la vie, et celle de Gustavo, entraîné avec moi ?

L'entrée du seul petit commerce à la ronde nous sert de refuge. Une caverne d'Ali Baba remplie du sol au plafond de Marlboro, Craven A, Seven Up, Fanta, Coca-Cola et tous les *mecatos* (friandises) dont on puisse rêver. Dans leurs sachets argentés, des piles de Chocoramo, de Chocolatina Jet, Tostacos piquante, Coffee Delight, Todo Rico, sucettes Bon Bon Bum au cœur de chewing-gum et autre junk food made in Colombia, tels les cigarillos Pielroja avec leur tête de peau rouge à coiffe de plumes. Dos au mur, protégée par le rideau de fer baissé en plein jour, j'observe le carrefour.

Corps balancé mécaniquement d'avant en arrière comme les enfants pour s'endormir ou les simples d'esprit, une forme est échouée au bord de la chaussée, visage recroquevillé à l'intérieur d'elle-même. Sans ce mouvement de va-et-vient, je n'aurais pas reconnu un être vivant dans ce sac parmi les sacs abandonnés dans la poussière.

Si c'est ma mère, elle est dans un sale état. Je prends mon courage à deux mains pour sortir à découvert, m'avancer un peu plus près.

De profil, c'est vrai, il y a une ressemblance. Gustavo s'efforce de prendre une photo pour l'envoyer à l'assistante sociale qui nous confirmerait ou non s'il s'agit de Blanca. La vieille gémit, dodeline. Je sors mon portable pour la filmer.

À cet instant précis, sortie de je ne sais où, surgit la putain à qui j'ai parlé quelques minutes auparavant.

Elle rugit : « Mais qu'est-ce que tu fais ? Pourquoi tu la filmes ? Nous ne sommes pas des animaux de zoo ! Respecte cette femme, respecte-nous ! »

Un groupe de prostituées se forme autour de la furie. Elles prennent le relais, hurlent, m'invectivent. Me traitent de tous les noms.

Alertés par le grabuge, des flics en patrouille s'approchent armés jusqu'aux dents. Ma première réaction, le repli. Je recule. Carapace de Tortue Ninja, bouclier, jambières, les policiers me sécurisent. Méfiez-vous de la harpie maigre comme un clou, shootée au *basuco* en permanence, elle est très dangereuse. Ils ont déjà eu affaire à elle. D'ailleurs, ce n'est pas un quartier pour une touriste, sermonnent-ils. Même si, depuis quelques années, ils le « nettoient ».

Soudain, je ne sais pas ce qui me prend. Je me libère de la protection policière. Comme enragée, je m'avance vers le groupe qui continue de m'injurier, les agonis d'injures à mon tour, les insulte, ne me reconnais plus.

C'est vous qui me manquez de respect, je leur hurle. Je cherche ma mère depuis trois ans. Il s'agit peut-être de cette dame assise par terre. Si c'est elle, je voudrais filmer nos retrouvailles pour m'en souvenir toujours.

Sans baisser le regard, je les toise. Elles n'ont rien des petites aguicheuses outrageusement refaites, cul, lèvres, poitrine, qui arpentent les lieux touristiques de Colombie, leurs yeux de biche destinés aux porteurs de billets venus de l'étranger. Les carnes autour de moi sont des putains usées aux jambes variqueuses, des mégères aux résilles déchirées, plus de cinquante ans pour la plupart. L'âge supposé de Blanca.

Le téléphone de Gustavo vibre. Sur l'écran s'affiche un photomaton envoyé par l'assistante sociale. Mon portrait craché, mon double. Nez légèrement épaté, matité de la peau, fossette qui barre le menton à l'horizontale comme s'il se séparait en deux, sourcils embroussaillés en arc interrompu, les yeux qui s'effondrent, arrondi du visage, dessin méticuleux des creux et bosses de la lèvre supérieure, grain de beauté protubérant au milieu du front.

Gustavo est médusé.

J'agrandis la photo, m'attarde sur les détails, le maquillage léger, bouche ourlée d'un rose discret, les bouclettes peignées avec soin dans la nuque, les perles blanches du collier fantaisie, le sage arrondi d'un T-shirt noir imprimé qui se devine sous la veste de jogging largement ouverte, sa couleur foncée réhaussée par la fermeture éclair un ton en dessous.

Bien en chair, la personne photographiée est soignée, en bonne santé. Un SMS de l'assistante sociale nous confirme la date récente de la prise de vue.

Je compare l'image avec la forme effondrée à mes pieds. Quel laps de temps faut-il à un être normalement constitué pour se dégrader au point de devenir méconnaissable ?

J'en suis là de mes réflexions quand l'assistante sociale nous envoie un autre message. Ses services viennent de retrouver la trace de Blanca Nohora Granada. D'après leur base de données, elle est hospitalisée dans une clinique de la Zona T, quartier calme situé à l'extrémité nord de Bogotá.

Nous sommes de l'autre côté de la ville. En comptant les encombrements monstrueux décuplés à la sortie des bureaux, un minimum de deux heures est à prévoir pour rallier l'hôpital depuis le *barrio* San Bernardino. Deux heures. Une goutte d'eau quand on attend ce moment depuis si longtemps.

Gustavo et l'assistante sociale me freinent aussi sec. Les horaires de visites seront dépassés quand nous arriverons. Mieux vaut nous organiser pour le lendemain.

Me précipiter dans cet hôpital, procéder au test ADN, en finir avec les recherches, les incertitudes, les « Elle est morte, pas morte, elle est par là, non là, on l'a vue ici ». Je ne tiens pas en place.

Heureusement, Ève m'attend chez elle, me calme, me réconforte, frappée comme moi par ma ressemblance avec la dame au lasso blanc, comme nous décidons de l'appeler en référence à son collier. Pour moi, il est bien trop prématuré d'associer la photographie à un nom.

Je tourne en rond, compte les heures jusqu'au lendemain.

Est-ce pour tromper mon angoisse ou par fierté de revenir à lui avec le gage exigé pour qu'il prenne mon aventure au sérieux ? Je décide de téléphoner au producteur Camillo Perdo.

Je lui annonce que j'ai enfin des preuves. J'en profite pour le remercier de m'avoir mise en relation avec Gustavo. Mes fouilles ont fait un bond grâce à lui. Cette fois, je peux lui présenter un vrai début de piste. À l'instant où je lui parle, ma mère biologique est hospitalisée à la Clínica Fray Bartolomé.

Mais quelle excellente nouvelle, ma chère Emmanuelle ! Camillo Perdo a renoué avec son ton enjôleur. Accepterais-tu qu'une de mes équipes t'accompagne à l'hôpital avec une caméra ? Dans ce cas, et si tu en étais d'accord, nous suivrions chaque étape de tes retrouvailles avec ta mère. Bien entendu, nous prendrions à notre charge le coût du test ADN.

Je n'ai aucune notion des contraintes inhérentes à un tournage de télévision, de la nécessité d'enregistrer des faits, construire un récit articulé avec un début, un milieu, une fin, afin que le téléspectateur s'y retrouve. Aucune idée des artifices d'une progression narrative. Aucune idée des perturbations engendrées par un reportage. Mais j'accepte la proposition.

La perspective du soutien financier qu'il me propose pour les analyses ADN arrive en tête de mes motivations, avec la possibilité de faire accélérer les conclusions du test. Au lieu d'une quinzaine de jours minimum, la production peut réduire le délai à quarante-huit heures. Comment refuser ?

J'admets avoir aussi accepté par fierté. Celle de ne pas m'être laissé déstabiliser par son arrogance, celle d'avoir dépassé l'offense, mon histoire et mes hypothèses balayées d'un revers de main comme nulles et non avenues.

Je dois admettre également avoir été séduite par les sirènes de la renommée. Porter mon histoire à la télévision, lui donner vie. Depuis le temps, j'en rêvais. Après l'abandon, les pages glacées des magazines. Un cadeau exceptionnel. Si seulement il pouvait me convaincre que moi, Emmanuelle-Sandra Laurens-Granada, suis digne d'intérêt.

À la veille de ce premier face-à-face tant attendu avec ma mère, les fantasmes sont encore permis.

Ni Gustavo, ni Ève, ni même Camillo Perdo n'ont osé me prévenir. La Clínica Fray Bartolomé où se trouve Blanca est, comme chacun le sait à Bogotá, un hôpital psychiatrique.

Je me lève tôt, nouée. À cran, respiration bloquée. Je tremble comme une feuille, la tête me tourne. Besoin d'air. Pour éviter de m'évanouir, je m'allonge de tout mon long sur le balcon. Ève me propose son « truc » antistress, des cachets aux plantes. J'avale. Me ressaisis.

À l'époque où chaque avancée vers Blanca retombait aussi rapidement qu'elle avait émergé, je m'étais acheté une robe écarlate en prévision de notre premier rendez-vous. Je voulais y croire. J'y croyais dur comme fer.

Robe rouge pour premier rendez-vous ? Audacieux, évidemment. Mais rouge égale amour. Rouge, c'est le cœur. Rouge, c'est l'éclat. La passion, le sang qui coule quand on se blesse.

Je tiens à être jolie pour rencontrer ma mère, lui faire honneur, porter beau. Je veux qu'elle soit fière de sa fille. Me pomponner sert aussi à dissimuler mon fracas intérieur.

Gustavo m'a rappelé de ne pas arriver les mains vides. Fleurs ou fruits, comme l'exige la coutume. Des fleurs dans un hôpital ? Une écharpe ou une petite étole me paraissent plus adaptées. Faute de connaître ses goûts, j'opte quand même pour un bouquet.

J'aime les roses blanches épurées. J'en choisis trois. Hésite. Demande à la fleuriste d'ajouter un hortensia mauve. En repère un autre. Du bleu, du magenta. Va pour les trois. J'hésite encore. Et pourquoi ne pas glisser deux soleils dans la composition ? Les quatre pivoines sont belles aussi. Oui, celles au cœur mimosa. Des feuillages ? Oui, des feuillages. Ça donne du volume. Oui, du cellophane. Oui, du bolduc frisé à la lame des ciseaux. Oui, c'est pour offrir.

L'équipe de télévision s'est proposée de venir me chercher. Ils m'attendent au pied de l'immeuble.

Aucune heure précise n'a été fixée pour arriver à Fray Bartolomé. L'essentiel est d'y être pour 14 heures. Début des visites.

Je n'avais pas prévu les micros, les questions idiotes – alors comment tu te sens ? –, le cameraman qui me filme en gros plan, « au plus proche des émotions », commente la journaliste.

Je n'avais pas prévu l'obligation de formuler des phrases. En être incapable.

Pas prévu non plus que le groupe s'engouffre avec moi dans la porte à tambour de l'hôpital. Pas prévu leur présence dans le sas de sécurité, caméra à l'épaule. Pas prévu le branle-bas de combat provoqué par mon débarquement avec cet équipage.

L'entrée et les sorties de la clinique Fray Bartolomé sont hautement surveillées, plusieurs policiers en faction dans le hall, comme dans la plupart des établissements publics de Bogotá. On n'entre pas dans ce bâtiment comme dans un moulin. Les pavillons de brique dispersés dans un semblant de parc sont équipés de barreaux aux fenêtres, les portes verrouillées.

Prévenu par l'accueil, un responsable arrive. J'explique être en relation avec l'Integración Social qui m'a signalé la présence d'une personne nommée Blanca Nohora Granada dans leur établissement. Cette femme est sans doute ma mère biologique. Je souhaite m'entretenir avec elle. Je me lance dans un rapide résumé de mon adoption en France, explique la présence des caméras de télévision.

Évidemment, l'émission de Camillo Perdo est connue. Elle vaut caution. Mais le responsable s'étonne de n'avoir reçu aucune demande de tournage. Très conciliant, il suggère de revenir le lendemain. Le temps de mettre en place un protocole.

Un protocole ? Mais quel protocole ? Je m'en fiche dorénavant des procédures, des protocoles, des certificats, instructions, politesses, règles, bienséances. Ma mère se trouve trois étages au-dessus de l'endroit où nous nous tenons. Dans les hôpitaux, les visites sont libres. J'exige de la voir.

Demain, señorita. Avant, c'est impossible. Mais comptez sur moi, je vais réunir les médecins et le personnel soignant qui s'occupe de Mme Blanca Nohora Granada. Vous nous expliquerez la situation.

Attendre est au-delà de mes forces. Ces gens ne se rendent donc pas compte de l'extraordinaire, du merveilleux, de l'inconcevable de ma présence ici ? M'obliger à endurer vingt-quatre heures supplémentaires est une torture.

Par pitié !!!!! Je vous en conjure. Je vous en supplie. Je cherche ma maman depuis si longtemps. S'il vous plaît, laissez-moi la voir ! Ne me renvoyez pas.

Après une nuit agitée, le réveil l'est encore plus. Hier si près du but et à nouveau éconduite. Me suis-je laissé dépasser ? Se présenter n'importe où avec une escouade de journalistes et vouloir passer inaperçue est une mission impossible. *A fortiori* dans un hôpital dont je n'ai toujours pas compris ou voulu admettre qu'il est « psychiatrique ». De quoi avais-je l'air avec ma robe rouge trop habillée, ma prétentieuse gerbe de fleurs multicolores, les cascades de rimmel dégoulinant sur mes joues ?

Ève sort son rouleau de cachets aux plantes. Je me résous à réenfiler ma robe rouge, recommence mon brushing. La réunion avec le personnel médical est fixée à 11 heures du matin. J'ai demandé aux journalistes de me laisser arriver au calme en taxi avec Gustavo. Ils ne peuvent s'empêcher de me poser quelques questions idiotes devant l'hôpital. Pour mettre en boîte, comme ils disent.

Cette fois-ci, nous sommes accueillis et accompagnés dans une salle de réunion, au premier étage. Il y a beaucoup de monde autour de la table. Le directeur de la clinique, le responsable de la communication, son homologue de la télévision, une psychologue, un psychiatre, l'assistante sociale, la journaliste. Les participants sont tous très concentrés. Gustavo et moi très émus.

Le directeur de l'hôpital prend la parole en premier pour m'expliquer la nécessité d'étudier attentivement mon dossier, comprendre qui je suis, ce que je cherche. S'assurer de mes réelles motivations.

Si Mme Granada est votre mère, que comptez-vous faire ? demande-t-il.

La question me prend de court. Heureusement, Gustavo m'avait mise en garde sur l'aléatoire des retrouvailles entre les enfants abandonnés et leurs parents retrouvés. Les confrontations sont difficiles. Parfois même, des flops. Les deux parties n'ayant rien à se dire. Le pire étant quand la mère refuse l'entrevue. Une configuration très fréquente.

À nouveau, Gustavo vole à mon secours. Pour me laisser le temps de me retourner, il résume les démarches que j'ai entreprises depuis trois ans.

Au tour du psychiatre d'intervenir. Resté muet jusque-là, il expose posément les données du problème.

Mademoiselle, prévient-il. Si Mme Blanca Nohora Granada est votre mère, vous devez savoir qu'elle est hospitalisée à Fray Bartolomé depuis trois semaines pour des troubles schizophréniques, bouffées délirantes et hallucinations auditives. Son état s'améliore grâce aux traitements. Mais, comme pour toute personnalité bipolaire, nous ne pouvons prévoir ses réactions quand nous lui parlerons de vous et lui annoncerons votre intention de la rencontrer. Les émotions sont à manier avec beaucoup de prudence en cas de maladie mentale.

Le médecin prend soin de rajouter que, « bien évidemment », les caméras sont rigoureusement interdites dans l'éventualité d'un rendez-vous si Blanca en accepte le principe.

Pour sauver les apparences et ne pas mettre en péril le scénario d'une rencontre avant qu'elle ne se réalise, je prétends être au courant de la pathologie de Blanca.

En réalité, je ne l'avais jamais envisagée. Dans le huis clos de mon cerveau, j'élabore depuis des mois toutes les configurations possibles. L'éventualité de troubles psychiatriques ne m'a jamais effleurée. Je ne m'y suis pas préparée. Qui le peut ? « Schizophrénie » est un mot d'une violence absolue quand on le reçoit en pleine figure. Je suis submergée par une vague de sentiments contradictoires. L'envie de décamper immédiatement et la rage de ne pas avoir voulu ou pu ouvrir les yeux. Je me sens défaillir.

Je remercie le personnel soignant de Fray Bartolomé pour son professionnalisme. Leur explique que je connais les précautions à prendre avec les psychotiques, l'un de mes oncles dirige un institut de santé mentale à Marseille.

Je justifie également la présence d'une équipe de télévision à mes côtés. Après trois ans de recherches par mes propres moyens, leur appui matériel est un réconfort appréciable. Si les médecins l'autorisent, je pourrai – grâce aux images tournées – me remémorer durant le restant de ma vie les premiers instants avec ma mère.

J'en profite pour glisser que des obligations prévues de longue date en France m'obligent à quitter la Colombie dans moins de dix jours, mon billet d'avion non modifiable.

J'ai fait de mon mieux. Le psychiatre m'a écoutée sans m'interrompre. Mais comme s'il ne m'avait pas entendue, il déroule le programme des prochains jours sans jamais prendre en compte l'échéance de mon départ. Entre le calendrier des consultations, le week-end sans permanence médicale ni visites extérieures, et la tenue de l'atelier individuel, occasion de prévenir ma mère, un rendez-vous pourra – éventuellement – être organisé dans une semaine, au plus tôt.

Une semaine !? Ce n'est plus tenable. Bien entendu, je comprends l'obligation de veiller avant tout au bien-être des patients. Mais après toutes ces années, est-ce encore à moi de m'adapter à Blanca et non l'inverse ? Ne pourrait-on pas me soutenir un tout petit peu ?

Le médecin n'en démord pas. L'éventualité d'une rencontre est soumise à l'état de Blanca et à son désir ou non de me voir.

Je cherche un peu de secours auprès de la psychologue, de l'assistante sociale.

Croyez-vous que Blanca puisse être ma mère ?

Oh oui, oui, acquiescent les deux. Blanca vous ressemble tellement, c'est incroyable.

Le plus calmement possible, j'essaie de plaider à nouveau ma cause auprès du psychiatre, lui demandant de raccourcir les délais. Trop nouée, je ne parviens plus à maîtriser ma voix.

Nous verrons ce que nous pouvons faire, Mademoiselle.

Trois jours plus tard. Lundi, 8 heures du matin. Sonnerie de mon portable. Bonjour señorita Laurens, soyez prête à 11 heures. Mme Blanca Nohora Granada accepte de vous rencontrer. Elle vous attend.

Branle-bas de combat, j'appelle la boîte de production, réenfile ma robe rouge pour la troisième fois.

Sur le parking de l'hôpital, l'équipe de journalistes me prie de grimper dans une camionnette aux vitres teintées. On m'explique la nécessité de m'équiper d'une caméra cachée. Un technicien m'affuble d'une chemise noire à porter par-dessus ma robe. Le premier bouton est une caméra, le deuxième en partant du haut, un micro.

Quelques essais pour le son, le réglage de l'image. Alors, comment tu te sens ? Encore aujourd'hui, je me demande ce que je pouvais avoir en tête pour me plier à ce cirque au lieu de me préparer sereinement.

Franchir les portiques de sécurité avec cet attirail, c'était risquer de réduire à néant trois ans d'espoir et leur aboutissement, une vie à attendre.

Malgré ma frousse d'être démasquée et fichue dehors *manu militari*, je fonce. Supporte la fouille, la confiscation de mes objets personnels. Ni cadeau, ni friandise, ni appareils électroniques ne sont autorisés dans le département sous haute surveillance où je pénètre, une section de l'hôpital réservée aux psychotiques, certains très violents.

Je franchis un premier sas, un second. Patiente dans une salle d'attente, une seconde. Je sue à grosses gouttes. La chaleur mais aussi la peur que l'on ne débusque la caméra. Dans le fond, je ne regrette pas d'avoir mon esprit focalisé sur cet équipement hors la loi. Cela me permet de ne pas anticiper la prochaine scène et son décor. Murs peints en gris, une salle immense scindée en deux. Au centre, une vitre blindée derrière laquelle le personnel en blouse anthracite monte la garde. Dépourvues d'appui, des banquettes de mousse recouvertes de tissu mauve, aucun angle saillant, ni table, ni chaises.

Visages soufflés pas les anxiolytiques, les malades déambulent en survêtement et claquettes. Les chaussures sont bannies. Une jeune fille obèse et taciturne arpente la pièce de long en large, poitrine et biceps écrasés par les lacets de sa camisole de force. La complainte des sandalettes en plastique sert de bruit de fond.

Une infirmière et l'assistante sociale m'accompagnent. Elles font signe à une femme vêtue d'un chemisier fleuri et d'un pantalon de jogging assise sagement à l'autre bout de la salle. Je m'approche, remarque son regard inquiet, son visage à peine déformé par les médicaments. Je m'assieds en face d'elle, évite de lui serrer la main, ne lui fais pas la bise.

Rien ne démontre encore que cette personne hospitalisée pour paranoïa, schizophrénie, bouffées délirantes et autres voix dans sa tête est ma mère. Et si elle l'est, il me faudra accepter qu'en plus d'être la fille d'une prostituée, je sois celle d'une malade mentale.

Elle m'adresse la parole en premier.

– *¿Y usted piensa que es mi hija?* (Alors ? vous pensez que vous êtes ma fille ?)

Instantanément, sa voix m'emporte, je m'y coule.

– Oui, je crois.

Malgré la sympathie immédiate qui me pousse vers elle, le pire serait que je perde mes moyens.

Sans se départir de son calme ni de cette pointe d'ironie, comme si tout ce que nous étions en train de vivre était une bonne blague mais toujours ça à prendre pour tromper son ennui, elle reprend.

– Comment tu m'as trouvée ? Est-ce qu'on t'a parlé de moi ?

Même économie de mot de ma part. Une protection.

– Oui, un peu.

Je lui dis m'appeler Emmanuelle Laurens, être née en Colombie en 1984, avoir été adoptée en France à dix-huit mois. Lui explique chercher ma mère biologique depuis trois ans, avoir engagé un détective. D'après les investigations de cet enquêteur et les miennes, elle correspondrait au profil.

– Ah bon ? Comment tu le sais ?

Toujours sur la réserve au cas où elle ne serait pas ma mère, je me retiens d'en dévoiler trop, lui dit simplement m'être rendue à San José del Guaviare, avoir récupéré mon dossier d'adoption au Bienestar, avoir lu les renseignements qu'il contenait.

– Mais concrètement, comment as-tu fait pour arriver ici ?

– Grâce aux indications transmises par l'Integración Social, lui dis-je. On vous a d'abord cherchée dans le quartier de San Bernardino. Vous n'y étiez pas…

– Ah, si…

Elle s'interrompt.

À mon tour de lui poser des questions, lui demander si elle se souvient avoir « perdu » une fille.

– Ah si, répond-elle, traits imperturbables, ni embarrassée, ni gênée. L'air de dire : « Ah oui, tiens c'est vrai, j'ai "perdu" une fille. »

– Et, cette enfant, elle s'appelait comment ?

– Ah, ça…, je ne sais pas.

– Était-ce Sandra… ?

– Oui, c'est ça…

– Sandra Milena…

– Oui, exactement.

– Vous souvenez-vous où et quand vous l'avez « perdue » ? Était-ce à San José en 1984 ?

– Oui, à San José, en 1984.

– Que s'est-il passé ?

– Rien, dit-elle. Il ne s'est rien passé.

Je me retiens de pleurer.

Comme le dirait une enfant pour justifier une bêtise à défaut de la regretter, elle me dit qu'elle était jeune, un peu fofolle (*era muy joven, loquita*), ne pensait qu'à s'amuser.

Ce ton détaché me déstabilise. Comment peut-elle tenir ce genre de discours ? Trop jeune, trop fofolle, envie de s'amuser. Quel non-sens ? Me déclarer ça, à moi qui ai rebroussé tout ce chemin pour la retrouver, m'asseoir là, auprès d'elle trente-deux ans après qu'elle m'a mise au monde. Car, j'en suis certaine maintenant, Blanca est ma mère. Aucun doute possible.

Notre timbre posé, nos mains carrées, mes phalanges épaisses, copies conformes des siennes, ma peau aussi mate que sa peau, mes pupilles, la texture de mes cheveux, ce tic qui nous fait froncer le nez de la même façon à intervalles réguliers comme pour retenir nos larmes. Même nos dents se ressemblent. Pas celles du bonheur, elle en est privée. Ni la blancheur « européenne » due aux séances obligatoires de brossages surveillés de près par maman. Mais l'implantation serrée.

Je lui demande si elle se souvient avoir confié son bébé à une nourrice prénommée doña Elvia Cortez, si à cette époque elle travaillait dans un café du nom d'El Ganadero et quel genre de métier elle y exerçait.

J'ai tapé juste. À l'évocation du café, elle sursaute.

– El Ganadero ? Comment tu sais ?

– Parce que j'y suis allée. Je suis allée partout, Blanca. J'ai sillonné la Colombie, forcé les portes, lu des dossiers, interrogé des gens, en ai retrouvé certains que tu as connus, remonté des pistes, vraies ou fausses, cru puis désespéré, diffusé des avis dans la presse, enregistré des messages à la radio, dépensé toutes mes économies. Depuis trois ans sans discontinuer, Blanca, je te cherche.

Elle se lève d'un coup, vacille légèrement sous l'effet d'un sédatif ou déstabilisée par la position debout après ce long moment immobile sur le pouf, me tend les bras. Je m'y blottis (pas trop près pour ne pas décrocher la caméra), enfouis mon visage dans son cou, la respire, la touche.

Dans mon oreille, je l'entends balbutier cette phrase miraculeuse, quatre mots, les seuls qui m'importent : « Je te demande pardon. »

– Je ne pleure pas, chuchote-t-elle, car j'ai trop pleuré. Je n'ai plus de larmes.

Trop pleuré sur son sort, sur le mien ? L'heure n'est pas à solder les comptes. Je ne me laisse pas aller non plus. Si elle ne pleure pas, me dis-je, c'est peut-être dû à ses traitements.

La sonnerie du déjeuner sonne la fin des parloirs, on s'embrasse.

– Veux-tu que je revienne à 15 heures ?

– *Sí.*

Elle me regarde, jauge ma tenue, me pince la joue. Fière.

Elle insiste.

– Tu reviens hein ?

– *¡Hasta pronto, Mami!* Oui, à tout à l'heure, *Mami* !

¿Como le fue? ¿Como le fue? Raconte ? Comment ça s'est passé ? Tout le monde me saute dessus. Gustavo, les infirmières, l'assistante sociale.

Bien, bien, dis-je. Oui, c'était bien. Je crois que je l'ai trouvée. Je pense que c'est elle.

Les épisodes extrêmes me privent de parole. Je n'ai qu'une envie, me débarrasser de cette liquette noire sans forme mais avec micro et caméra. Ma cotte de mailles.

Le premier après-midi avec Blanca dure deux heures. Les plus intenses de ma vie. Les plus intenses tout court. « Faire connaissance » n'est pas le terme que j'utiliserais. Nous nous connaissons.

Elle papote, jacasse, s'amuse de mon intérêt pour la Colombie, de mon espagnol balbutiant qu'elle trouve pas mal, admire ma bague en or, m'envie de pouvoir voyager, elle adorait ça comme elle a adoré vivre et pêcher avec les Indiens dans la forêt, la *selva*, dit-elle, ponctuant ses gazouillis de « *mi hija* » ceci, « *mi hija* » cela, ma fille ceci, cela. La *selva*, je le sais, c'est le territoire des Farc, aucune femme ne s'aventure dans la *selva*, excepté les prostituées et les compagnes des soldats. Je le lui fais remarquer, lui demande si elle n'avait pas peur. Elle commence à se gratter le cou.

L'infirmière m'avait prévenue, se gratter le cou est un signe de manque chez les accros au *basuco*. J'ai tendance à croire que pour Blanca, cette manie ne témoigne pas d'une frustration de droguée – motif probable de ses hallucinations – mais qu'elle a plutôt tendance à surgir quand elle se sent acculée.

Nous changeons de sujet. J'aimerais l'entendre parler de sa famille. A-t-elle des frères, des sœurs, des parents ? J'évite soigneusement de m'aventurer trop loin, lui demander, par exemple, si elle a d'autres enfants.

Au contraire, j'essaie de l'intéresser à ma vie, mes dessins, mon amour pour Paul, dis vouloir l'épouser.

– Et toi, Blanca, tu as été amoureuse ? Tu t'es mariée ? demandé-je.

– Mariée ? Non jamais, répond-elle.

Soudain, la question piège. Celle que j'évite depuis le début, celle qui me brûle les lèvres. Sortie toute seule.

– Et mon papa, Blanca, tu l'aimais ?

Elle recommence à se frotter le cou.

– Blanca, ça va ? Tu veux sortir prendre l'air, faire un petit tour ?

– Non, non, grommelle-t-elle.

Oui, mon père, elle l'aimait. Il s'appelait Edgar, était beau, grand, brun, très baraqué. Il la battait mais elle l'aimait, vraiment. Ce que l'on appelle aimer, si c'est ça l'amour. Prête à tout pour lui… Bien sûr, il buvait beaucoup. Il a déguerpi quand elle est tombée enceinte, n'est jamais revenu. *El hombre del momento* ! dit-elle. L'homme d'un moment, un courant d'air. Qu'y pouvons-nous ?

– Dis-moi, Blanca, mon père, c'était un Farc ?

– Oui, dit-elle.

Avant d'ajouter un « *no más* » catégorique, n'en demande pas plus.

Et d'insister, *no más,* quand, dans un dernier souffle, je m'informe : « Edgar comment ? » L'air de dire tu ne vas pas te mettre sur sa piste à lui aussi tout de même ?

Oui, *no más*. Blanca, tu as raison. N'en jetez plus. Je ne veux pas savoir. Ma mère une prostituée, une malade mentale, et maintenant mon père, un Farc.

La vida es una película, dit-elle.
La vie est un film ? Blanca, si tu savais.

De ce premier après-midi, je chéris le portrait qu'on m'a autorisé à faire d'elle à l'encre de Chine. Je chéris son chemisier blanc, sa coquetterie, son peigne extirpé toutes les cinq minutes de son corsage, là où elle cache ses trésors, glissés dans l'armature de son soutien-gorge. De ce premier après-midi, je chéris l'offrande.

Dans les locaux de la télévision, l'ambiance est détendue, joyeuse. C'est formidable ce qu'il t'arrive, Emma !

Camillo Perdo annonce vouloir programmer les analyses ADN le plus rapidement possible à condition que j'accepte d'être filmée durant tout le processus. Prélèvement et dénouement compris, en une prise, sans retouche. Il veut du vrai. Que le résultat soit positif ou négatif, la caméra enregistrera mon émotion en direct. Le téléspectateur doit pouvoir partager.

Je suis d'accord, évidemment. Qu'on en finisse.

Au laboratoire, le cameraman me fait rejouer mille fois mon entrée. Assieds-toi, lève-toi, serre la main du Dr Younis, entre dans son bureau, sois spontanée, fais comme si on n'existait pas. Sors, reviens, recommence.

Chauve, rond, d'un commerce chaleureux, Eduardo Younis est un généticien d'origine libanaise très réputé pour ses travaux sur les particularismes régionaux en Colombie. Docteur *honoris causa* de l'Université nationale, il participe régulièrement à l'émission. Sa réputation vaut gage de sérieux, sa blouse blanche, costume de scène.

Il s'intéresse, écoute, ne montre aucun signe d'impatience tandis que l'équipe corrige pour la énième fois mon apparition pseudo-naturelle dans le cabinet de consultation.

Je m'attendais à devoir ouvrir grand la bouche comme je l'ai souvent vu faire dans les documentaires afin que le Dr Younis puisse soustraire un échantillon de salive avec un coton-tige.

Sa méthode est bien plus cinématographique. Blanche-Neige avec son fuseau, il me pique au doigt. À peine une éraflure sur la pulpe.

En quarante-huit heures, la goutte de sang s'est révélée. Le Dr Younis me convoque, m'invite à m'asseoir à son bureau, s'assied de l'autre côté de la table. Cette fois, pas de répétition. Le scientifique et moi jouons chacun notre partition à la perfection. Je ne lui arrache pas l'imprimé partagé en deux colonnes de chiffres, l'une pour moi, l'autre pour Blanca. Je ne hurle pas prématurément de joie en remarquant la longueur de la bande verte que je ne suis pas censée avoir vue sous le graphique de nos deux ADN comparés, preuve du pourcentage élevé des marqueurs génétiques communs.

Il est dans les attributions du Dr Younis de m'annoncer le diagnostic. Il s'y plie avec une bonhomie non feinte.

Dès le « Ça tourne ! » du cameraman, il claironne :

– Nul doute possible, señorita Laurens, Mme Blanca Nohora Granada est votre mère biologique. La science est formelle.

Avant qu'il n'ait eu le temps de poursuivre dans le détail des chromosomes, télomères, séquences codantes ou non, je fonds en larmes.

Il se lève, quitte son rôle, me serre entre ses bras, m'assure être très heureux d'avoir contribué à ce tournant dans ma vie.

Vous savez, Mademoiselle, ajoute-t-il, les tests ne sont pas toujours positifs. Dans votre cas, ils le sont à 99,9 %. Une nouvelle page s'ouvre, à vous de l'écrire.

Sans perdre une minute, la journaliste et son micro : « Alors Emma, heureuse ? »

Comment ne pas jouer le jeu pour elle, pour la production, pour Blanca, pour Paul, pour tous ceux qui m'ont soutenue depuis trois ans, ont supporté mon désespoir, mes idées fixes ? Comment ne pas hurler ma joie pour que le monde entier m'entende ?

Oui, oui, je suis heureuse. Merci, merci beaucoup. *¡Muy feliz!*

Je danse, tourbillonne, saute dans la rue comme un cabri, m'époumone.

Le local mis à notre disposition par la clinique est sens dessus dessous. Un désordre de spots électriques, parapluies réflecteurs, trépieds de hauteurs différentes, des kilomètres de câbles, caméras de poing, d'épaule, la longue perche coiffée de son bonnet en fourrure du preneur de son, le réalisateur et ses carnets de notes, la journaliste, la productrice, Gustavo. Une superproduction hollywoodienne.

Deux fauteuils d'hôpital en skaï kaki ont été installés face à face. L'un pour moi, l'autre pour Blanca, que j'entends s'impatienter dans le couloir pendant que le psychiatre me reçoit une dernière fois. La totalité de notre entretien bercé par les *¿Donde, Sandra?* fébriles de Blanca derrière la porte.

Le médecin commence par un bilan de la situation, se dit favorablement surpris de la tournure prise par les événements. Il est fréquent, admet-il, que la maladie mentale provoque un rejet. Ce n'est pas mon cas, il m'en félicite. Il m'informe que nos retrouvailles ont eu un effet bénéfique pour Blanca. Elle réagit mieux aux traitements, émerge petit à petit de son état de sidération, renonce à son isolement pour participer aux ateliers de groupe. Mais il tient à me prévenir : « De nombreuses difficultés vous attendent, Mademoiselle. »

Ce qu'il peut faire pour m'aider, il le fera. Entre autres, me garantir que ma mère ne sera pas remise à la rue d'ici quelques semaines, tels les indigents, faute de famille pour les accueillir. Il s'efforcera de trouver une autre institution susceptible de prendre en charge Blanca durant quelques mois, le temps que je revienne.

Ce tableau n'a rien d'engageant. À quel autre constat pouvais-je m'attendre ? Malgré la joie de l'avoir retrouvée et notre tendresse mutuelle immédiate, je suis au courant des maux dont ma mère souffre, consciente de la nécessité de la faire soigner.

Je remercie le médecin pour les soins prodigués jusqu'ici et le suivi qu'il me propose. Merci d'avoir été là pour Blanca, dis-je. Merci pour ma mère. Je le remercie aussi pour sa bienveillance à mon égard et la permission octroyée à l'équipe audiovisuelle de filmer au sein de son hôpital.

Blanca entre dans la pièce réservée au tournage, coup d'œil à droite, à gauche, pardon, pardon.

Pardon Monsieur, s'excuse-t-elle en bousculant le cameraman pour foncer droit sur moi. Je vois bien que ce barouf l'amuse. J'improvise un discours pour le caméscope qui ronronne déjà.

Blanca, comme tu le sais, nous avons fait le même test toutes les deux. Voici le résultat dans ces enveloppes, une pour toi, une pour moi. Tu peux ouvrir la tienne, en faire ce que tu veux, la garder pour toujours. Tu verras, nos deux ADN sont identiques à 99,9 %. Cela signifie que je suis ta fille.

Elle réagit à peine, comme si tout ceci, encore une fois, ne la concernait pas. À moins qu'elle ne soit préservée du réel par le cocon de ses médicaments.

Ah oui ? dit-elle. *Sí. ¡Que sí!*

Très polie, elle esquisse un petit sourire, me regarde.

Je m'en veux de lui infliger ce barnum. Ai-je été trop loin ? Micro, caméra, ces gens qui la scrutent, nous scrutent. Je me demande si ce n'est pas moi qui ai perdu la tête d'avoir accepté un tel déploiement pour un événement si intime.

Je pose ma main sur son poignet, essaie de la rassurer, lui faire comprendre qu'elle n'a pas besoin de parler, je suis intimidée aussi, les mots sont inutiles.

Mais les caméras tournent, le micro s'approche, la journaliste fait son travail.

Alors madame Granada, vous êtes satisfaite ?

Sí, soy feliz, chuchote Blanca.

Puis, à la manière d'une trapéziste qui se précipiterait sans filet dans le vide, elle se racle la gorge et proclame d'une traite, haut et fort, qu'elle m'aime, me remercie de l'avoir cherchée, que je suis sa fille.

Elle répète, pardon, pardon Sandra, pardonne-moi.

À cet instant, je le sais, la production vient d'obtenir ce qu'elle espérait : un pur moment de vérité télévisuelle. Car je m'abandonne dans les bras de ma mère comme jamais je ne me suis abandonnée avec personne, pas même maman.

Blanca se reprend aussitôt, contemple l'assemblée, s'excuse du dérangement, *que pena con usted* (désolée de vous avoir dérangé).

Mais Blanca, lui dis-je, tu n'as pas à t'excuser.

Elle minaude, sort un peigne de son soutien-gorge, lisse ses mèches, réajuste son décolleté. *¿Estoy bien?* Oui, Blanca, tu es bien.

¡*Muchos nervos! ¡Muchos nervos!* m'avait-elle expliqué quand je lui avais demandé de quoi elle souffrait en plus d'entendre des voix. Ces voix qui la persécutent, l'empêchent de trouver le repos, de pleurer. Elle dort mal, s'agite, se réveille, inapte à se concentrer plus de trois minutes d'affilée.

Tu n'es pas folle, Blanca, l'avais-je rassurée. Ta maladie, ce sont comme de petits ballons de baudruche qui grossissent, grossissent et pouf ! quand ils sont trop gonflés, ils explosent.

Je lui avais conseillé la méditation, respirer, expirer, s'imaginer dans un endroit où elle se sente bien. Tu verras, avais-je prédit, si tu médites et que tu prends correctement tes médicaments, tu iras de mieux en mieux.

Qui voulais-je rassurer en la persuadant ? Elle ou moi ?

Les semaines ont passé. Le psychiatre a tenu parole. Blanca a été changée de clinique. Un lieu plus ouvert dont elle est devenue la coqueluche grâce à son récit aux allures de conte de fées. L'infirmier chargé de s'occuper d'elle m'envoie régulièrement des photos. J'assiste à sa renaissance. Elle a maigri, s'est coupé les cheveux, accepte de participer à une sortie au jardin botanique, de danser sous les lampions.

De temps à autre, par l'intermédiaire de l'infirmier, elle m'appelle par Skype, s'inquiète de ma santé, de Paul, de mon travail, veux s'assurer que je vienne vite la sortir de là, quand ? demande-t-elle. Juste avant de raccrocher, elle me bénit. *¡Sé feliz, hija mía !* (Sois heureuse, ma fille). *¡Dios te bendiga!*

De ses bénédictions, je suis demandeuse. Après l'issue heureuse mais impensable de mon épopée, mon retour en France m'a déstabilisée. Papa et maman se montrent distants, très peu curieux. Davantage préoccupés par l'échéance des prochaines élections présidentielles qui se profilent. Même s'ils m'ont félicitée de m'être accrochée et d'avoir persévéré dans ma recherche pour la conduire jusqu'à son terme.

Fatigués de mes atermoiements entre ma fidélité à ma famille et l'envie dont je les serine d'aller m'installer en Colombie, mes amis s'éloignent. Ils ne comprennent plus ce qui me fait courir maintenant que j'ai retrouvé Blanca. Je ne le comprends pas non plus.

J'échafaude des plans pour partager mon existence entre Bogotá et Paris, me renseigne sur les possibilités d'acheter un bout de terrain sur une île des Caraïbes, y ouvrir un hôtel, inviter ma mère à se fondre dans ma vie. Paul est d'accord pour tenter l'aventure.

Projets sérieux ou dérivatifs ? L'option n° 2 est la plus probable. Car il ne me faudra pas très longtemps pour vérifier que mes fantasmagories sont incompatibles avec l'état de santé de ma mère et que mon pays n'est pas celui où je suis née mais celui où j'ai grandi, mon port d'attache, la terre où, depuis trente ans, j'ai planté solidement mes racines.

Lors de mon dernier voyage en Colombie, mon seul objectif consistera à retrouver la famille de Blanca, la leur confier avec moult recommandations comme on se délesterait d'une charge, ainsi ces enfants regrettés aussitôt nés.

L'établissement où Blanca a été hospitalisée est un centre spécialisé dans le traitement des addictions, alcool, jeux, drogues, médicaments. Une forteresse blanche, carreaux de faïence blancs, couloirs blancs, sas repeint en blanc, personnel en blanc, effluves écœurants de désinfectant pour masquer la misère, portes blindées, barreaux.

Dans l'entrée quand j'arrive, encadrée par deux armoires à glace policières qui viennent *a priori* de la ramasser, une héroïnomane filiforme se tord, des traces fraîches d'entailles sur les poignets.

Bercée par mes échanges réguliers avec Blanca, sa métamorphose physique, ses bénédictions, les progrès immortalisés par les photos de l'infirmier et mon envie d'y croire, j'avais fini par oublier la réalité de l'état de ma mère. Le désenchantement est à la hauteur de mes illusions. La nouvelle de mon arrivée a provoqué une salve d'épisodes paranoïaques. Blanca, me prévient-on, est très agitée, nerveuse, sujette à des bouffées délirantes.

Je ressors de l'entrevue avec l'équipe médicale bardée d'un cocktail de neuroleptiques et d'antidépresseurs à lui faire prendre à son insu pour anticiper la survenue des crises. Dans une trousse de toilette, l'aide-soignante a rangé d'autres cachets et gélules, les uns pour parer aux palpitations cardiaques, d'autres pour la constipation, réduire la tension, faciliter la digestion.

Je n'y arriverai jamais.

Mais si, vous verrez. On y arrive, rassure l'infirmier. Un peu de vigilance et tout se passera bien. Allez, bonne chance. Que Dieu vous protège. Prévenez-nous quand vous aurez retrouvé sa famille.

Me voilà sur le trottoir avec Blanca, pantalon noir, chemisier blanc. Chic, pomponnée, parfumée. Si ce n'est le sac-poubelle jaune qu'elle tient à bout de bras en guise de bagage, impossible de deviner qu'elle ne va pas bien. La totalité de ses effets personnels tient dans cette poche en plastique, au fond de laquelle je ne retrouverai ni le joli agenda en cuir pour lequel je m'étais ruinée avant mon retour en France, ni le collier artisanal, ni les dessins que je lui avais offerts.

La fatigue du vol Paris-Bogotá effectué la veille, la mise au point sur l'état réel de Blanca et ce sac-poubelle jaune sans les cadeaux auxquels je pensais qu'elle tenait, je ne me sens pas très vaillante.

Je parviens à balbutier *Eres muy linda, Blanca* (tu es très jolie, Blanca), à l'embrasser chaudement et à esquisser un geste pour lui prendre la main comme je le ferais avec un petit en bas âge.

Mais Blanca n'est pas une fillette innocente que l'on promène par la main. Blanca est une adulte déséquilibrée qui agit comme bon lui semble. Sans se soucier de rien ni personne. Une égoïste attachante qui mène sa barque en utilisant ceux ou celles à sa portée. Les cinq jours que Paul et moi lui avons consacrés pour la raccompagner dans sa famille se révéleront une expérience plus éprouvante que mes trois ans sur sa piste.

Un instant d'inattention et elle se jette dans la rue pour traverser sans regarder ; un autre, elle disparaît ; un troisième, elle fait une scène parce qu'elle a mal au ventre, refuse ses médicaments, refuse de dîner à l'hôtel ou d'y petit-déjeuner. Après une nuit à ronfler comme un sonneur, elle se met à hurler, exige un lavement, nous traite d'incapables, apostrophe des passants, fait des kilomètres pour qu'on lui indique un hôpital, refait une scène devant le médecin, ne veut pas que je mentionne ses troubles mentaux, supplie, se met à pleurer, à hurler de nouveau, demande une perfusion, s'échappe, me jure qu'elle ne recommencera plus, accepte de me suivre, m'épuise, me pousse à bout.

Le pire fut de la voir se maquiller comme une putain, mon Rouge Coco tartiné en couches, une pluie de taches de rousseur dessinée sur ses pommettes, mon ombre à paupières étalée jusqu'aux sourcils arrachés frénétiquement à la pince pour ne plus former qu'une ligne, chevelure crêpée à la lionne, et m'implorer à genoux de ne pas l'abandonner. Le plus affreux fut ma réaction épidermique, mon dégoût. Un rejet absolu. Une envie irrépressible de la renier, la planter là pour qu'elle réalise cette douleur de ne compter pour rien. Le faire et tourner les talons en me jurant qu'on ne m'y reprendrait plus de vouloir me charger de cette inconnue. Il me fallait tracer un trait final, ne plus y revenir.

Je ne voulais plus, ne pouvais plus.

Le calme revenu, nous avons partagé quelques moments de complicité comme je n'aurais jamais pu en rêver avec quiconque. Des instants brefs. Devant le miroir, nos rires de découvrir nos points communs. Le soir dans la chambre, la sentir près de moi. Dans la voiture, lui faire écouter ma bande-son préférée, Brel, Barbara, Véronique Sanson, Édith Piaf et la regarder singer les paroles de *La Vie en rose* comme si elle maîtrisait parfaitement le français. Ma tête dans son giron, sa main sur mon épaule, son gilet en tricot étalé sur mes reins pour éviter que je ne prenne froid, ses « Chut ! endors-toi ma petite Sandra, dors, dors, la route pour aller jusque chez moi va être longue. »

De ce voyage vers Armenia, sa ville natale, je n'oublierai pas notre halte en pleine montagne, sa façon d'étreindre le tronc des arbres comme si elle faisait corps avec eux. Sa terreur un soir que nous cherchions notre chemin en nous découvrant cernées par les *gaminos*, ces gamins des rues drogués, voleurs et violents qui hantent le cœur des villes d'Amérique latine. Je n'oublierai pas mon malaise en traversant un quartier de prostituées qu'elle observait sans commentaires par la fenêtre. Je n'oublierai pas non plus le chemin vers chez elle retrouvé par instinct après plus de dix ans d'absence, le bonheur mais aussi l'inquiétude de sa famille pour Blanca la fugueuse, le dénuement de leur maisonnette au sol de terre battue où j'ai confié Blanca aux bons soins de sa mère, vieille femme usée. Je n'oublierai pas mes oncles, mes cousins, leur chaleur, leur gaieté, les repas pantagruéliques, les poulets rôtis en veux-tu en voilà, la sauce, le riz, les chips, les canettes de Fanta comme s'il en pleuvait. Je n'oublierai pas notre virée dans un grand magasin d'Armenia pour renouveler la garde-robe de Blanca, son fuseau panthère assorti à mon petit porte-monnaie, sa joie d'escalader et de redescendre à dix reprises l'escalier mécanique comme on dévalerait une piste de ski. Je n'oublierai pas ma promesse de veiller sur elle, pourvoir à ses soins, financer l'achat d'une petite cahute ambulante pour qu'elle puisse vendre des jus de fruits, redevenir autonome. Je n'oublierai pas mon petit frère, deux ans de moins que moi, qui s'est confié à la Vierge à défaut de sa mère, ses exhortations déchirantes tandis qu'il court à bout de souffle à côté de notre voiture qui démarre : « Dis, tu te souviendras, Sandra ? tu ne m'oublieras pas ? » Non, Pedro, je ne t'oublierai pas, ni aucun de nous six, les enfants perdus de Blanca disséminés sans se souvenir où, au gré de sa route.

Maman monte le son de l'autoradio. Céline Dion envahit l'habitacle de la Peugeot 205. « On n'oublie pas les temps d'innocence quand on ne savait pas ». Autrefois, maman et moi reprenions les paroles à tue-tête. Ce matin, le refrain me fait pleurer, en silence. Pour une bouteille de shampooing mal rebouchée, je viens de me faire traiter de tous les noms. Maman est à cran, s'énerve pour un rien, s'excuse aussitôt sous prétexte d'être brute de décoffrage. Elle est désolée, désolée, répète-t-elle plusieurs fois à la suite.

Je le suis autant qu'elle. Nous ne nous comprenons plus. Elle a beau clamer haut et fort, comme elle dit, être fière de ce que j'ai accompli en retrouvant ma mère biologique, je n'en suis pas persuadée. Suis-je moins la fille de mes parents depuis ma confrontation avec Blanca ? Je voudrais tant les convaincre du contraire. Blanca, c'est moi. J'ai ses traits, ses contradictions, un peu de son grain de folie. L'analogie entre son besoin de s'échapper et le mien n'a rien de rassurant. Comme cette urgence à virer de bord pour un rien. Mais je ne suis pas Blanca. Je ne suis pas cette femme-enfant cadenassée dans son monde. Je ne veux pas de sa solitude, son égoïsme, sa troupe de laissés-pour-compte.

Si je partage son empathie pour les fragilités de toute sorte, chiens perdus, chats abandonnés mais aussi personnages à la marge ou tout-petits attirés vers elle comme par un aimant, je ne veux pas être cette loupée du cœur, cette intermittente des sentiments. J'envie plus que tout la stabilité de maman, sa clémence, sa façon d'être là pour moi, toujours. Même quand je m'enfuis ou la maudis.

Papa et maman, je voudrais tant que vous mesuriez mon attachement, mon amour, ma reconnaissance.

Ne pleure pas, Emmanuelle, ne pleure pas. On n'est pas fâchées tout de même ? Je ne rétorque rien. N'en pense pas moins. Non, maman, je ne suis pas fâchée. Je suis consciente que chacun trimballe son histoire, chacun fait ce qu'il peut. Y compris ne pas en faire « tout un plat », comme vous le rabâchez.

Emmanuelle, tu le sais, me glisse encore maman pour se rattraper au moment de me laisser à l'arrêt du bus afin que je puisse remonter à Paris sans qu'elle ait à « se taper » une heure de route pour m'accompagner à la gare car elle n'a « pas que ça à faire », Emmanuelle, tu le sais, n'est-ce pas que papa et moi, on ne t'abandonnera jamais ?

Plantée sur le terre-plein à côté de sa 205, portière ouverte, pendant que je m'installe dans le car, elle fait de grands gestes d'au revoir. Par la vitre, je la vois articuler un « Tu reviens, hein ? ». Le point d'interrogation dessiné dans le vide avec son index.

Remerciements de l'auteure à Florence Billet.
Son histoire vraie a librement inspiré ce récit.

L'EXEMPLAIRE QUE VOUS TENEZ ENTRE LES MAINS
A ÉTÉ RENDU POSSIBLE GRÂCE AU TRAVAIL DE TOUTE UNE ÉQUIPE.

COUVERTURE : Sara Deux
MISE EN PAGE : Soft Office
RÉVISION : Matthieu Recarte, Ève Sorin et Jean-Luc Demizieux
PHOTOGRAVURE : Point11
FABRICATION : Maude Sapin
COMMERCIAL : Pierre Bottura
PRESSE/COMMUNICATION : Karine Vincent et Margaux Duquesne
RELATIONS LIBRAIRES : Marie Labonne

DIFFUSION : Élise Lacaze (Rue Jacob diffusion), Katia Berry (grand Sud-Est), François-Marie Bironneau (Nord et Est), Charlotte Jeunesse (Paris et région parisienne), Christelle Guilleminot (grand Sud-Ouest), Laure Sagot (grand Ouest), Diane Maretheu (coordination) et Charlotte Knibiehly (ventes directes), avec Christine Lagarde (Pro Livre), Béatrice Cousin et Laurence Demurger (équipe Enseignes), Fabienne Audinet (LDS), Bernadette Gildemyn et Richard Van Overbroeck (Belgique), Nathalie Laroche et Alodie Auderset (Suisse), Kimly Ear (Grand Export)

DISTRIBUTION : Hachette

DROITS FRANCE ET JURIDIQUE : Geoffroy Fauchier-Magnan
DROITS ÉTRANGERS : Sophie Langlais
ENVOIS AUX JOURNALISTES ET LIBRAIRES : Patrick Darchy
LIBRAIRIE DU 27 RUE JACOB : Laurence Zarra
ANIMATION DU 27 RUE JACOB : Sophie Quetteville
COMPTABILITÉ ET DROITS D'AUTEUR : Christelle Lemonnier, Camille Breynaert et Christine Blaise
SERVICES GÉNÉRAUX : Isadora Monteiro Dos Reis

La couverture et la bande ont été imprimées par DEJA LINK à Stains.

Achevé d'imprimer en France sur les presses de l'imprimerie CPI Bussière à Saint-Amand-Montrond en décembre 2018.

ISBN : 978-2-37880-020-8
N° d'impression : 2041579
Dépôt légal : Février 2019